KB275138

어문학사

인생은 영화처럼,
영화는 인생처럼

이종철 지음

어문학사

영화란 무엇인가. 그것은 사전적 정의로 필름을 연속적으로 영사하여 재현시키는 영상을 지칭한다. 영화는 또한 여러 분야가 망라되는 종합예술이자 현대 사회에서 가장 인기 있는 대중문화 중 하나다. 사람들의 희노애락을 자극하는 대중적인 오락임과 동시에 인간과 세계를 깊이 있게 사유할 수 있는 텍스트이기도 하며, 흥행을 목표로 하는 엄청난 산업이기도 하다. 또한 때로는 강력한 선전 수단이 되기도 한다. 이처럼 영화는 다양한 각도에서 다뤄질 수 있는 입체적인 어떤 것이다.

영화는 빛과 그림자의 예술이란 말을 종종 한다. 그런 면에서 보자면 큰 화면과 좋은 음향 시설을 갖춘 극장에서 봐야 그 진가를 제대로 알 수 있다. 극장의 불이 꺼지고 화면에 빛이 투사된다. 관객은 감각을 집중시켜 영화가 이끄는 감정의 롤러코스터를 타기 시작한다. 대략 두 시간 남짓, 현실의 자잘한 문제들을 잊고 화면을 응시하며 감정의 롤러코스터를 따라가는 시간은 근사하고 황홀한 경험이다. 극장을 꿈의 궁전이라고 지칭한 것은 그래서 일정 부분 공감되는 표현이다. 극장은 또한 단순히 영화만을 보는 공간을 넘어선다. 가령 많은 이들에게 힐링의 공간이 되기도 하고, 좋은 데이트 장소로 활용되기도 하며 만남의 장소가 되기도 한다. 그리하여 사람들은 저마다 극장에 대한 각양각색의 특별한 추억을 갖고 있을 것이다. 요컨대 극장은 영화를 상영하는 장소로 그치지 않고 다양한 문화적 의미를 파생해 내는 공간인 것이다.

영화는 또한 많은 이들과 함께 보는 것이 더욱 좋다. 같은 공간에서 함께 웃으며 박수 치고, 울며 눈물을 훔치면 그 재미와 감동을 더욱 크게 느낄 수 있다. 재미와 감동, 혹은 슬픔과 위로를 공유한다는 것, 우리가 극장에 가는 이유 중 하나일 것이다.

영화의 매력에 빠져 영화 보기를 즐겨하고 사랑하는 이들이 많다. 스펙터클한 영상, 멋지고 아름다운 미장센, 배우들의 매력과 실감 나는 연기, 재미와 감동을 더욱 배가시켜 주는 좋은 음악, 인간과 세계에 대해 깊이 사유할 수 있는 메시지 등등 영화는 많은 장점을 갖추고 있다. 발명된 이후 인기 있는 대중문화이자 대중 예술로 그 위치를 확고히 한 영화를 사랑하고 평생의 취미로 삼는 이들이 너무나 많다. 나도 마찬가지다. 유년 시절부터 중년이 된 지금까지, 영화는 언제나 내 곁에서 용기와 위로를 주었다. 나는 영화를 보면서 수없이 감동하고 웃고 울면서 인생의 희로애락을 함께했다. 극장에 얽힌 추억도 무척이나 많아서 그것을 떠올려 보면 언제나 흐뭇하고 기분이 좋다. 예전에 좋아하던 어떤 것들이 시간이 지나면서, 나이가 들면서 시들해지는 경우가 많은데, 영화는 그렇지 않은 것 같다. 항상 곁을 내주는 고마운 친구 같은 존재다. 물론 변화는 있다. 예컨대 나 또한 예전만큼 극장에 자주 가지 못하고 쏟아지는 영화들을 부지런히 따라가진 않는다. 확실히 예전만큼 시간과 관심을 크게 쏟지는 못한다. 하지만 그렇다고 영화에 대한 애정이 식은 것은 결코 아니다. 오히려 이제는 관객에 머물지 않고 직접 영화 만들기에 나서고 있다. 이는 한편으로 보면 새로운 단계로 나아가는 것이고 영화에 대한 애정을 더 적극적으로 표현하는 일이기도 하다. 어린 시절부터 좋아하고 즐기던 영화, 그 영화를 내가 직접 만들어 많은 이들과 나누고 싶은 것이다.

이제 백 년이 조금 넘은 역사를 가지고 있는 영화는 현재 커다란 변화와 위기에 직면해 있다. 다른 각도에서 보면 새로운 패러다임을 맞이했다고도 할 수 있을 것이다. 많은 사랑을 받으며 승승장구하던 영화 산업은, 좀 더 정확히 말해 극장을 주요 무대로 했던 전통적인 영화 산업은 급격히 위축되고 있다. OTT라는 새로운 플랫폼이 대중화되면서 사람들이 더 이상 예전만큼 극장을 찾지 않기 때문이다. 영화는 큰 화면과 좋은 음향 시설을 갖춘 극장에서 봐야 제격이라는 주장이 여전히 있지만, 그런 개념은 많이 바뀐 것 같다. 극장에서 많은 이들과 함께 영화를 보고 즐기는 시대는 이제 서서히 지나가는 것 같다. 사실 서운함과 아쉬움이 든다. 하지만 돌아보면 과거에도 변화는 늘 있어왔다. 예를 들어 각 지역의 로컬 극장들이 다 사라지고 획일화된 대형 멀티플렉스 극장들이 자리를 대신했을 때도 많은 이들이 아쉬움을 토로했던 걸 기억한다. 필름에서 디지털로 빠르게 바뀐 것도 또 하나의 예일 것이다. 물론 지금의 변화는 그때와는 또 다른 차원의 변화다.

어쨌든 이런 급격한 변화에 많은 관계자들이 당혹스러워하고 있다. 물론 그렇다고 해서 극장이 아예 없어지지는 않겠지만 분명 지금이 커다란 변화의 시대인 것은 틀림없다. 영화는 과연 어디로 갈 것인가.

　어른들 손을 잡고 극장에 처음 갔던 유년 시절부터 오십이 넘은 중년이 된 지금까지 수많은 영화를 보며 울고 웃었고 위로와 용기를 받았다. 그중에서 특히나 큰 강도로 내 가슴을 뒤흔든 영화들이 있다. 나는 그 영화들을 통해 인간과 세상을 이해하는 데 많은 도움을 받았고, 또한 어떻게 살 것인가 등의 문제에 대해서도 많은 자극을 받았다. 동시에 그 영화들을 떠올리면 그때마다의 나의 상황과 감정들이 추억된다. 음식이나 노래가 그런 것처럼 영화에도 추억이 서려있는 것이다. 그래서 이번 책에서는 69편의 인생 영화를 꼽아서 그에 대해 이야기해 보았다. 날카롭고 깊이 있는 분석이나 비평이라기보다는 가까운 사람들과 두런두런 이야기하듯이 글을 풀어보았다.

　나는 10여 년 전부터 영화를 직접 만들어 온 영화 창작자이기도 하다. 앞으로도 30년 정도는 더 영화를 만들 계획이

시작하며

다. 2부에서는 영화에 얽힌 내 개인적 체험을 시작으로 그동안 만든 영화들에 대해 다각적으로 이야기해 보았다. 영화에 대한 준비와 제작 과정, 이런저런 배경에 대해서 구체적으로 적어보았다. 어딘가에서 막막하지만 영화를 만들고자 하는 이들에게 조그만 참고가 되면 좋겠다. 이어서 앞으로 만들 영화에 대해서도 얼마간 이야기해 보았다.

요컨대 이 책은 영화에 대한 내 애정을 고백하는 글이자 그에 대한 사유와 경험을 담은 기록이다. 영화가 나에게 선물해 준 위로와 용기를 여러 독자들과 함께 나누고 싶다. 지금껏 그래왔듯이 앞으로도 영화를 벗 삼고 영화와 함께 나이 들어갈 것이다.

2025년 가을

이종철

목차

2부 나의 사랑, 나의 시네마

1부
나를 뒤흔든
내 인생의
영화

Scene 1. 〈고령가 소년 살인사건〉

소년은 왜 행복할 수 없는가

에드워드 양 감독 | 장진, 장국주, 양정이 외 | 1991년

대만이 낳은 세계적 거장 에드워드 양의 영화 <고령가 소년 살인사건>을 오랜만에 다시 보았다. 러닝타임이 무려 4시간에 달하는 영화이기 때문에 여러 번에 나눠서 보았다. 이미한두 번 본 영화지만 다시 보아도 역시 뭉클하고 찌릿했다. 대만의 굴곡진 현대사를 이렇게 담담하면서도 아프게 담아낼수도 있구나 싶다. 잘 알려진 타이베이 3부작과 데뷔작 <해변의 하루>, 그리고 유작이자 칸 영화제 감독상을 수상한 명작<하나 그리고 둘>까지, 세계적인 주목을 받아온 에드워드 양의 영화들은 주로 동시대 타이베이에 사는 현대인들의 불안한 초상과 인생의 면면을 날카롭게 묘파하고 있다. 그런 면에서 이 <고령가 소년 살인사건>은 좀 예외적인 영화다.

지금은 세계적 스타가 된 대만 배우 장진의 데뷔작이기도한 <고령가 소년 살인사건>은 대만에서 일어난 실화를 소재로 삼고 있다. 당시 앳된 10대 소년이었던 장진이 주인공 샤오쓰를 맡아 열연했고, 극 중 샤오쓰의 형과 아버지가 실제로장진의 형과 아버지라는 것도 상당히 흥미로운 대목이다. 다시 작품의 내적인 부분에 주목하자면, <고령가 소년 살인사건>은 1959년에 있었던 대만 최초의 미성년자 살인 사건을 다룬 영화이다. 하지만 이는 단순한 스릴러나 르포 영화가 아니다. 조금만 깊이 들여다보면, 이 영화가 소년과 그 가족, 친구들의 이야기를 따라가면서 대만의 현대사를 비판적으로 응시하고 있다는 것을 포착할 수 있다. 이 영화를 좀 더 심도 있게 보려면 대만의 역사에 대해 알아두는 것이 좋은데, 특히 1949년 이후 본토에서 대만으로 들어온 외성인들과 원래부터 대만에서 살고 있던 본토인들의 관계 및 당시의 양안 관계에 대한 배경 지식이 필요하다.

영화의 배경은 1960년의 대만이다. 정권을 잡은 장개석의 국민당이 억압적인 통치를 이어가고, 다른 한편으로는 일제 식민 시절의 그림자가 아직 남아있다. 상하이에서 건너온 샤오쓰의 가족, 고향으로 돌아가길 희망하는 나약한 지식인 아버지와 어떻게든 현실에 적응해 보려는 어머니, 그리고 제대로 된 돌봄을 받지 못하는 그들의 네 자녀. 이야기는 그중 막내인 샤오쓰의 일상을 따라가며 전개된다.

샤오쓰는 한창 예민할 나이인 사춘기 중학생 소년이다. 사랑을 듬뿍 받으며 성장해야 할 집안의 막내지만, 막상 그는 제대로 된 보살핌이라고는 전혀 받지 못한다. 재미있고 활기차야 할 학교 생활조차 마치 불한당들의 세계처럼 그려진다. 소공원파니, 217파니 하는 소년들의 패거리 사이에선 폭력이 난무하고 심지어는 살인까지 벌어진다. 이런 상황에서 사랑이라고 아름다울 리가 있겠는가. 샤오쓰의 세계에는 풋풋하고 가슴 뛰는 첫사랑 대신, 마치 짐승들의 경쟁처럼 여러 명이 얽히고설킨 채 '네 것, 내 것' 하며 치고받는 다툼이 있을 뿐이다. 그야말로 시대와 시절의 질풍노도에 무력하게 휘말려 방황하는 샤오쓰와 친구들이 그나마 즐거움을 느끼는 순간은, 기껏해야 엘비스 프레슬리의 음악을 따라 부르며 어설픈 춤을 추거나 체육관에서 농구공을 튀길 때밖에 없는 것 같다.

현실이 막막하기는 샤오쓰의 가족들에게도 마찬가지다. 샤오쓰의 아버지는 여전히 본토의 고향, 즉 상하이를 그리워하지만 고향으로 돌아갈 길이 막히고 어딘가로 잡혀가 과거 행적에 대해 집요하게 조사당한다. 이 사건 이후 그는 점차 망가져 가고, 가족 구성원 모두 답답한 현실에 발목 잡혀 어디로도 쉬이 뻗어나가지 못한다. 출구 없는 비극에 둘러싸인 채 공부도, 우정도, 이성에 대한 희망도 모조리 잃은 샤오쓰는 급기야 돌이킬 수 없는 사고를 친다.

특히 마지막 엔딩 신이 무척 인상적이다. 샤오쓰가 없는 집을 스케치 하듯 천천히 보여주는데, 생뚱맞게도 라디오에서 대만 최고의 대학인 국립 대만대학의 합격생 명단이 쭉 흘러 나온다.

　데뷔작 <해변의 여름>에서 이미 빼어난 미장센과 음악으로 큰 감정적 울림을 주었던 에드워드 양은 이 영화에서도 유감없이 유려하고 빼어난 화면을 4시간 내내 선사한다. 주인공 샤오쓰와 밍의 연기도 더없이 자연스럽고, 친구들, 소년들의 연기도 좋다. 영화는 살인 사건 자체보다도 시대의 모순과 혼란, 암울한 당시의 공기를 총체적으로 조감했다고 보여진다. 담담한 가운데 훅하고 터져 나오는 울음처럼, 담백함 속의 슬픔이 돋보인다. 그런 맥락에서 친구이자 또 다른 대만 뉴웨이브 거장 허우 샤오시엔의 <비정성시>를 함께 본다면 대만의 굴곡진 현대사가 더욱 선명하게 다가올 것 같다.

Scene 2. 〈킹콩〉

킹콩이라는 이름이 주는 울림

존 길러민 감독 | 제프 브리지스 외 | 1976년

바야흐로 극장가의 위기다. 지난 3년은 코로나 때문에 극장에 가기가 힘들었는데, 코로나 상황이 좋아진 지금도 극장은 손님이 들지 않아 비상이다. 시대가 변하면서 영화를 보는 패러다임이 크게 바뀐 결과다. 넷플릭스를 필두로 하는 다양한 OTT 서비스가 대중화되었고, 그 외에도 영화를 볼 수 있는 다양한 플랫폼이 존재하는 현재, 극장은 정말 위기를 맞고 있다.

나이 50이 넘은 나는 그래도 영화는 큰 극장에 가서 봐야 제맛이라고 생각하는 편이다. 큰 화면이 앞에 있고 사방 빛이 차단된 컴컴한 극장 안에서 두 시간 동안 경험하는 감정의 롤러코스터, 그래, 그래야 제대로 된 영화 관람이 아닌가. 또한 동시에 극장은 갖가지 추억이 어려있고 다양한 감정을 선사하는 공간이다. 가령 극장은 많은 이들에게 데이트 장소이기도 하고 오락의 장소이기도 하며 혼자서 내밀한 시간을 보내기 좋은 공간이기도 하다. 그냥 대충 시간을 때우기 위한 장소일 수도 있는 동시에 깊은 사색을 할 수 있는 곳이기도 하다.

지금으로부터 대략 십몇 년 전, 그러니까 지역의 로컬 극장들이 하나둘 문을 닫고 대기업이 운영하는 멀티플렉스 극장이 대세로 등장했을 때, 서운하고 허전했던 기억이 난다. 나뿐 아니라 많은 이들이 그런 감정을 토로했었다. 나의 고향인 수원에도 각자의 특색을 자랑하는 극장이 여럿 있었는데, 그 것이 폐관할 때마다 무척 서운했었다. 그렇듯 극장이라는 공 간이 갖는 여러 의미들이 있다. 또한 음악이 그렇듯 영화에도 그때그때의 추억이 깃들기에, 영화는 추억을 소환하는 데 있 어 좋은 매개가 된다. 즉 어떤 특정 영화를 떠올리면 그 영화 를 보던 과거의 어느 때가 즉각적으로 떠오르는 것이다.

서두가 좀 길었는데, 이 장에서 나는 그런 극장에 대한 최 초의 원체험에 대해 좀 언급하려 한다. 처음이라는 건 항상 그 자체로 의미가 있는 법이다. 그렇기 때문에 영화의 작품성 이 어쨌건, 대중이나 평론가의 평가가 저쨌건 '내가 처음 본 영화'는 나에게 있어 중요하게 다뤄질 수밖에 없는 것이다. 지 금에 와서는 영화의 내용도, 영화를 보러 가게 된 상황도 일 체 기억이 나지 않지만, 큰 화면에 어른거리던 어렴풋한 무언 가만은 여전히 기억에 남아있다. 바로 1976년 작 <킹콩>이다.

<킹콩>이 한국에서 개봉한 것은 1977년도 1월이다. 그러 니 내 인생 최초의 영화를 관람하던 그때, 나는 6살쯤 되었을 것이다. 아마도 근처에 사는 열 살쯤 많은 사촌 형, 누나들과

함께 갔던 것 같다. 극장은 진즉에 없어진 수원의 유명 극장이었을 것이다. 검색을 좀 해보니 그때 내가 본 1976년 작 <킹콩>은 당시로서는 최고, 최대 규모의 자본을 투자한 블록버스터급 괴수 영화였다. 미국 개봉과 얼마 차이 나지 않게 한국에도 개봉했을 정도니, 전 세계적으로도 크게 흥행했던 것으로 보인다. <킹콩>을 보러 갔던 극장 언저리와 화면에서 뭔가 어른대던 것만이 희미하게 기억이 나는 정도, 어쨌든 그게 내가 첫 번째로 극장에서 본 영화고 극장 체험이었다.

2005년 연말, <반지의 제왕>으로 한창 주가를 날리던 피터 잭슨 감독이 <킹콩>을 리메이크했다고 해서 큰 기대를 하고 극장으로 달려갔다. 내 첫 극장 영화를 다시 제대로 볼 수 있겠구나 하는 기대였다. 피터 잭슨 얘기도 재밌는데, 그는 1933년 작 <킹콩>을 보고 영화감독을 꿈꾸었고, 언젠가 꼭 <킹콩>을 영화로 다시 만들겠다는 계획을 했다고 한다. 자, 어땠을까. 21세기 최첨단 기술력과 최고의 제작진이 뭉쳐 새로 선보인 <킹콩>, 사실 그동안 날고 기는 대형 스펙터클을 워낙 많이 봐온지라 <킹콩>이 크게 새롭거나 대단해 보이진 않았다. 그래도 인상적인 건 역시 킹콩과 금발 미녀 나오미 왓츠의 애틋한 교감이다. 나오미를 바라보는 킹콩의 눈빛, 복잡미묘한 그 눈빛이 압권이었다. 킹콩의 감정에 자연스레 동화된다는 것도 흥미로운 경험이었다.

할리우드는 물론 세계 각국에서 봇물 터지듯 나오는 수많은 괴기물, 몬스터 영화들이 있지만, 나에게 베스트 야수 영화는 영원히 내 인생의 첫 영화인 <킹콩>일 것이다.

Scene 3. 〈록키〉

불굴의 도전 정신, 포기란 없다

존 G. 아빌드센 감독 | 실베스터 스탤론 외 | 1976년

내가 영화에 재미를 들여 본격적으로 극장을 드나들기 시작한 때는 대략 80년대 중반부터다. 나이로는 십대 중반이고 중학교 2학년 정도로 기억된다. 80년대 할리우드 영화는 강한 마초들을 내세운 하드 보디 영화들이 대세였다. 대표적인 것이 실베스터 스탤론의 <람보> 시리즈와 아놀드 슈왈제네거의 <코만도> 같은 영화들이다. 이 영화들에 투영된 이런저런 정치적 의미에 대해 당시 10대 소년들이 알 턱이 있겠는가. 그저 강한 남자에 대한 동경만으로 영화에 푹 빠졌던 기억이 난다.

알다시피 <록키> 시리즈는 <람보> 시리즈와 함께 실베스터의 대표작이고, 남자라면 누구나 좋아할 만한 영화라고 할 수 있을 것이다. 그중에서도 1976년 작인 <록키>에 대한 인상이 가장 깊다. 무명의 배우였던 실베스터 스탤론이 직접 각본을 쓰고 주연까지 하면서 세계적 흥행을 이룬, 말 그대로 아메리칸 드림을 실제로 재현한 작품이기도 하다. 그 영화를 언제 보았는지는 정확히 기억이 안 난다. 아마도 80년대 초반 텔레비전을 통해 본 것이 처음이었던 것 같다. 아, 10대 초반의 소년들에게 록키는 얼마나 근사했던가. 언제 다시 봐도 아드레날린 뿜뿜하게 만드는, 진짜 남자 영화가 아닐까. 85년쯤 이던가 중학교 1학년 때, 친구와 동시 상영 극장에 가서 <록키 3>을 본 기억이 나고 이어서 친구 집에 가서 비디오로 <록키 4>를 본 것 같다. 록키 시리즈 4편 모두 엄청 재밌게 본 기억이 난다.

　　좀 나이가 들어서 다시 보니 역시 <록키>가 명작이라는 생각이 든다. 대중적인 평도 대체로 그러하다. 록키는 이렇다 할 배경도 배움도 없는, 가난하고 별 볼 일 없는 청춘이지만 따뜻한 인정이 있고, 좋아하는 여자에게 나름의 진심을 다해 다가가는 용기 있는 남자다. 그러던 어느 날 생각지도 못한 일생일대의 기회가 찾아오고, 록키는 최선을 다해 그 기회를 잡는다. 승부는 이미 중요하지 않다. 최선을 다했고 나 자신에게 떳떳한 멋진 경기를 후회 없이 펼쳤다. 내 사랑 애드리안이 나를 응원하고 사람들이 나에게 박수를 보낸다. 허, 뻔히 아는 스토리인데 다시 봐도 환희와 감동이 있다. 언제 들어도 흥을 불러일으키는 멋진 주제곡은 또 어떤가. 수많은 이들이 영화 속 록키를 따라 달리기를 하고 권투 연습을 따라 했을 것이다. 10대의 나 역시도 그랬다.

이쯤 되면 영화의 만듦새를 따지는 건 무의미해진다. 그냥 내 인생의 한 페이지와 함께하는 인생 영화가 되는 것이다. 이후에도 수많은 권투 영화가 세계 곳곳에서 만들어졌고 또 만들어지고 있지만, 권투하면 역시 <록키>가 아닐까. 많은 스포츠 영화에는 그 특유의 감동이 있는데, 특히나 헝그리 정신, 투혼을 불태우며 큰 감동을 안기는 운동이 권투 아닐까 싶다.

Scene 4. 〈와이키키 브라더스〉

인생, 그 쓸쓸한 뒷모습

임순례 감독 | 이얼, 황정민, 박원상 외 | 2000년

임순례 감독의 초기작들을 좋아한다. 장편 데뷔작인 <세 친구>와 <와이키키 브라더스>를 특히 좋아한다. 96년 작인 <세 친구>는 고등학교를 막 졸업한, 대학에 가지 못한 세 청춘들의 쓸쓸한 이야기를 그리고 있는 영화다. <와이키키 브라더스>는 젊은 시절의 꿈을 이루지 못하고 지방 나이트를 전전하며 사는 밴드의 이야기를 따라가는 작품이다. 가진 것도 배운 것도 없는 청춘들의 막막한 현실, 꿈이 꺾인 30대 남자들의 구질구질한 이야기들이지만 임순례 영화들이 전하는 담담한 위로와 쓸쓸한 감성이 적지 않은 감정적 울림을 준다. 중국 영화 중에서 이와 비슷한 정서를 고르라면 6세대를 대표하는 지아장커의 영화들하고 비슷한 것 같다.

<와이키키 브라더스>의 배우들의 연기가 참 좋다. 이얼, 박원상, 황정민, 그리고 류승범의 연기는 펄떡이며 살아있다. 오정혜의 연기도 억지스럽지 않고 자연스러워 좋다. 그들의 청소년기를 연기하는 배우들의 연기도 하나같이 자연스럽고 인상적이다. 풋풋한 박해일도 물론 그중 하나다. 역시 연출의 힘이고 시나리오의 힘일 것 같다. 한국의 독보적인 여성 감독으로 자리를 굳힌 임순례의 장점은 바로 그런 자연스러움과 인

생의 짙은 페이소스를 적재적소에 잘 담아낸다는 것에 있는 것 같다.

어느덧 영화 속 이얼이나 황정민 보다 훨씬 더 나이를 먹은 중년의 관객이 되어 영화를 다시 보니, 주인공들이 참으로 짠하고 안쓰러워 보인다. 아직은 여러 가지를 시도할 수 있는 힘이 있고 기회가 있는 30대인데, 그들의 현실은 왜 그리 빡빡하고 버거운 것인가. 좀 더 뻗어나갈 순 없는 것인가. 그들과 대비되는 10대의 그들, 즉 옷을 홀딱 벗고 바다를 달리던 소년들은 얼마나 자유롭고 꿈많은 존재였던가. 내가 생각하는 한국 영화의 고질적인 문제점 중 하나가 남발하는 플래시백인데, 대개 너무나 투박하고 고리타분해서 영화를 촌스럽게 만드는 대표적인 요인이 된다. 그런데 <와이키키 브라더스>의 플래시백은 오히려 영화를 더욱 풍성하고 생동감 있게 만들어 준다. 과거의 인물들 모두 현재의 인물들 못지않게 아주 잘 살아있다.

박원상과 황정민이 연기한 두 캐릭터는 언뜻 대조적이어서 서로 툭탁거리는 상황을 빚지만, 한편으로는 정이 많고 결코 미워할 수 없는 인물들이라는 점에서 닮은 부분이 있다. 두 캐릭터 모두 배우들의 뛰어난 연기력이 있었기에 소화 가능했다고 본다. 또한 이얼 특유의 쓸쓸한 분위기는 영화를 더욱 리얼하게 채색한다. 물론 이얼의 첫사랑, 지금은 억척스런 야채 장수가 된 오정혜의 슬픈 듯 쓸쓸함도 빼놓을 수 없다. 그 밖에도 이북 사투리 쓰는 나이 많은 아저씨 및 각각의 인물들이 모두 잘 살아있다. 워낙 좋아하는 영화다 보니 주관적인 이야기들을 할 수밖에 없는 것 같다. 슬프면서 감동적이고 쓸쓸하면서 감미로운 영화가 바로 <와이키키 브라더스>다.

Scene 5. 〈사관과 신사〉

청춘과 낭만의 이중주

테일러 핵포드 감독 | 리차드 기어, 데브라 윙거 외 | 1983년

인생은 영화처럼, 영화는 인생처럼

1980년대는 대중문화의 황금기였다. 팝 음악을 봐도 그렇다. 다양한 장르의 음악이 유행하며 메가 히트곡들이 쏟아졌고, 수많은 스타들이 탄생했다. 영화도 그러했다. 가령 얼마 전 시리즈의 마지막 편으로 돌아온 <인디아나 존스>가 탄생한 것도 80년대였다. 개인적으로도 80년대에 감수성 예민한 사춘기 십대를 보내서인지, 80년대 영화들을 특히나 더 좋아하고 인상적으로 기억하는 것 같다.

1982년 작 <사관과 신사>는 요컨대 80년대식 낭만과 사랑, 꿈이 가득 담겨있는 청춘 영화다. 소년의 눈에는 해군 제복과 군대가 무조건 멋져 보였고, 소녀의 관점에서 보면 일종의 신데렐라 스토리로도 보였을 것 같다. 지금도 멋진 노신사지만 이때의 리차드 기어는 정말 터프하고 멋진 쾌남이었고, 여주인공 데브라 윙거는 깨물어 주고 싶은 사랑스러운 여자였다. 멋진 제복과 피 끓는 청춘, 앞뒤 재지 않는 사랑. <사관과 신사>는 소년, 소녀들에게는 말 그대로 로망이었다.

영화는 종합 예술이다. 잘 짜여진 스토리, 배우들의 멋진 연기, 심혈을 기울인 미장센이 잘 조화를 이루어야 명작이 나올

수 있다. 그리고 그 외에도 여러 가지가 있겠지만 빠질 수 없는 것이 또 음악이다. 지금도 그렇지만 80년대 영화들에는 정말 주옥같은 주제곡들이 영화를 더욱 매력적으로 만들었다. 이 영화 <사관과 신사>에도 엄청난 사랑을 받은 삽입곡이 있는데 바로 <Up Where We Belong>이다. 나는 <사관과 신사>가 한국에서 개봉되었던 1983년도엔 아직 꼬마였기에 영화는 극장에서 보지 못하고 나중에 비디오로나 보았지만, 노래만큼은 라디오를 통해 미리 접할 수 있었다. 그 노래를 좋아해서 계속 듣고는 했다. 얼마나 감미로운 음악이고 영화와도 잘 어울리던가. 잠깐 여담이지만 80, 90년대는 라디오의 전성시대였고, 각 채널마다 영화음악 프로가 많았다. 우리를 감동시켰던 영화음악 또한 참으로 다양했다. 십대 사춘기 시절 디제이가 영화음악과 함께 영화 이야기를 엮어서 들려주면 듣는 재미가 커서 귀 기울여 듣곤 했다.

재작년 <탑건 매버릭>이 36년 만에 속편으로 돌아와 팬들의 향수를 자극하며 세계적으로 엄청난 흥행을 했는데, 86년 작 <탑건> 이전에 바로 이 영화 <사관과 신사>가 있었다. 플롯이 비슷한 걸 보면 누가 봐도 <탑건>이 <사관과 신사>

를 많이 참고한 걸 알 수 있을 것이다. 고된 훈련, 생도들 간의 우정, 운명적인 사랑, 그리고 감미로운 음악까지 닮은 구석이 많다.

인상에 깊이 남은 몇 장면이 있다. 호랑이 교관은 규칙을 어긴 리차드 기어에게 퇴소하라고 압박한다. 퇴소의 위기에 처한 리차드 기어는 끝까지 버티면서 울먹인다. "나는 갈 곳이 없어요!" 이 대사가 가슴을 찡하고 친다. 힘든 훈련 코스에서 낙오할 상황에 놓인 친구를 끝까지 챙기던 장면도 기억에 남고, 뭐니 뭐니 해도 마지막 장면이 걸작이다. 가슴 아픈 이별을 이제 받아들이는 듯 다시 일상으로 돌아가 열심히 일하는 데브라 윙거, 공장에서 일하는 그녀를 찾아가 번쩍 안아들고 나오는 마지막 장면은 정말 멋진 장면이었다.

지나간 청춘이 마구마구 그리워지는 날, 중년의 쓸쓸함과 삶의 무게감이 유독 심한 날, 이 영화 <사관과 신사>를 다시 보면 어떨까 싶다. 현실이 버거운 이 시대 청춘들에게도 한 번쯤 관람을 권하고 싶다.

Scene 6. 〈아웃 오브 아프리카〉

인생의 길목에서

시드니 폴락 감독 | 로버트 레드포드, 메릴 스트립 외 | 1986년

인생은 영화처럼, 영화는 인생처럼

메릴 스트립을 좋아한다. 아주 빼어난 미모는 아니지만 그녀만의 분위기와 매력이 돋보이고 고급스러운 느낌과 기품이 있다. 넓은 연기 스펙트럼, 출중한 연기력이야 누구나 아는 바와 같다. 이런 멋진 배우와 동시대를 산다는 것도 근사한 일 아닌가 싶다.

1985년 작 <아웃 오브 아프리카>, 아프리카의 광활한 풍경과 대자연을 배경으로 펼쳐지는 아름다운 대서사시를 담고 있는 작품으로, 또 한 편의 인생 영화로 꼽아본다. 요컨대 <아웃 오브 아프리카>는 요즘 영화에서는 좀처럼 느껴볼 수 없는 웅장한 감동을 전해주는 영화다. 지금도 어렴풋이 기억난다. 큰 극장 화면을 가득 채운 아프리카의 대자연이 살아 숨 쉬는 모습이. 두 주인공이 탄 경비행기에서 바라보는 아프리카의 초원의 풍경은 정말 압도적이었다. 진짜 그렇다. 시선을 압도하는 대자연, 인생의 험난하고 굴곡진 여정과 마주한 대서사시, 장엄함, 벅찬 감동으로 관객을 울리는 영화. 아쉽게도 요즘은 이런 영화를 점점 찾아보기 힘들어지는 것 같다. 영화 <아웃 오브 아프리카>는 실화를 바탕으로 했다는 점이 더욱 가슴을 뭉클하게 만드는 부분이 아닌가 싶다.

한국 개봉이 1986년인데 그 시절 학교 단체 관람으로 봤는지, 따로 봤는지는 명확하지 않다. 오락거리와 문화 활동이 지금처럼 다양하지 않았던 80년대, 지금 생각해 보면 단체 영화 관람은 그래도 꽤 괜찮은 추억이자 친구들과 함께 할 수 있는 즐거운 문화 활동이었던 것 같다. <미션>, <아마데우스>, <킬링 필드>, <플래툰>, <베스트 키드> 등을 단체 관람으로 본 기억이 난다.

<아웃 오브 아프리카> 이야기를 조금 더 해보자. 극 중 메릴 스트립과 교감을 하고 서로 사랑하게 되는 남자는 역시 할리우드의 명배우 로버트 레드포드가 맡았다. <내일을 향해 쏴라>, <스팅>에서 금발을 휘날리던 그 남자, 로버트. 지적이고 자유로우며 모험을 즐기는 멋진 남자 로버트 레드포드와 덴마크에서 온 우아하면서도 독립적이고 감성적인 메릴 스트립은 운명적으로 만날 상대였나 보다. 각자 살아온 길이 달랐던 만큼 그들의 가치관과 연애관 역시 상이하지만, 그들은 조금씩 서로를 이해하게 되고 결국 서로를 운명으로 받아들인다. 이제 드디어 함께하게 되는 것인가. 안타깝게도 그들의 사랑은 끝내 이루어지지 못한다. 약속은 지켜지지 못하고 가슴 아픈

결말이 다가온다. 아프리카의 대자연을 아끼고 사랑하며 어디에도 구속되지 않는 자유로운 영혼을 가진 로버트 레드포드는 극 중에서 이런 대사를 전한다.

우린 소유하는 게 아니네요.

단지 스쳐 갈 뿐이지…

10대 소년 시절에 본 <아웃 오브 아프리카>와 50이 되어 다시 보는 <아웃 오브 아프리카>는 무척 다른 느낌으로 다가온다. 10대의 나에겐 어땠을까, 분명 감동을 했을 텐데 한편으론 조금 지루했을 수도 있고 어쩌면 조금 졸았을 수도 있을 것 같다. 중년이 되어 다시 보니, 여전히 아름답고 감동적인 동시에 인생이란 과연 무얼까 하는 원초적인 질문과 함께 무척이나 쓸쓸하게 느껴지고, 커다란 상실감마저 느껴진다. 가슴 한구석이 뻥 뚫리는 듯한 허전함…….

80년대 대작들이 대개 그렇듯 <아웃 오브 아프리카> 역시 음악이 큰 몫을 한다. 광활한 아프리카 대지 위에 울려 퍼지는 아름다운 모차르트의 음악은 영화를 더욱 빛내며 잊지 못할 장면으로 채워준다. 아름다운 음악과 압도적인 영상미, 두 명배우들의 울림 있는 연기, 감독 시드니 폴락의 유려한 연출력, 그렇게 명작은 우리 곁에 찾아왔다.

Scene 7. 〈열혈남아〉

우뫼에게 내일은 없어

왕가위 감독 | 유덕화, 장학우, 장만옥 외 | 1987년

왕가위가 뭐 하는지 더 이상 궁금하지 않다. 그의 신작이 언제 나올지도 모르지만, 나온다 해도 이제는 딱히 그렇게 궁금하지도 않다. 이미 그 정도면 충분히 보여준 것도 같다. 왕가위는 누구나 인정하는 세계적 명감독이고 수많은 열혈 팬을 가진 스타 감독이기도 하다. 한때 세계 영화계의 최전선에서 큰 영향력을 행사하기도 했다. 지금은 과거의 영광에 비해서는 다소 평이해졌다는 인상도 있지만, 그래도 왕가위는 여전히 왕가위일 것이다.

중국을 전공하면서 주전공 못지않게 파고든 것이 중국 영화다. 좋아하는 중국 영화, 감독, 배우들이 수도 없이 많아서 손에 꼽기 힘들 정도다. 그래도 꼽아보라면 아무래도 젊은 시절 나를 강하게 매료시켰던 홍콩, 대만의 감독들을 먼저 들 수밖에 없을 것 같다. 서극, 오우삼, 왕가위, 후효현, 리안, 양덕창 같은 감독들 말이다. 그들의 대표작들만 열거해도 엄청난 리스트가 될 것이다. 그중에서 오늘은 왕가위의 데뷔작 <열혈남아(몽콕하문)>에 대해 좀 얘기해 볼까 한다.

90년대 아시아 일대에서는 소위 왕가위 현상이 있었다. 그

인생은 영화처럼, 영화는 인생처럼

열풍을 이끌었던 작품은 <중경삼림>, <타락천사>, <동사서
독>, <해피투게더> 같은 영화들이었다. 감각적이고 세련된
미장센, 부유하고 방황하는 청춘들, 반환을 코앞에 둔 홍콩의
불안하고 쓸쓸한 풍경, 이런 것들이 박자를 맞추며 커다란 공
감을 이끌어 냈다. 신선하고 짜릿하면서도 또 어딘가 아릿햇
다. 그의 영화들을 보는 느낌은, 낭만적 쓸쓸함이라고 할까.
퇴폐미도 있었고, 홍콩 반환이라는 세계사적 사건을 앞두고
있었고, 거기에 세기말의 공기가 더해져 더욱 그런 분위기를
내뿜었던 것도 같다.

개인적으로 왕가위의 모든 작품 중에서 데뷔작 <열혈남아
>를 가장 좋아한다. 감정적 울림이 가장 컸고 공감치도 가장
높았다. 유덕화, 장학우, 장만옥, 만자량의 일생일대의 연기를
뽑아낸 영화라고도 생각한다. 당시 20대였던 그들은 이후 수
없이 많은 영화들을 찍으며 톱스타로 성장했는데, <열혈남아
>에서는 풋풋했던 청춘의 초상을 더없이 잘 표현해 냈다. 말
하자면 죽어도 같이 죽는 우정과 의리, 그리고 앞뒤 재지 않
고 모든 것을 걸어버리는 사랑을 둘 다 놓치지 않고 잘 살려
내고 있다. 왕가위의 작품 중 유일하게 철저한 리얼리즘 기법

에서 찍은 영화이기도 하고, 당시 범람하던 홍콩 느와르들, 조금 더 구체적으로 말하자면 감정적 과잉으로 넘쳐나던 홍콩 느와르 속에서 아주 사실적이면서도 담백한, 완전히 결이 다른 느와르 수작이기도 하다.

란타우섬에서 건너온 여자 장만옥, 야생마처럼 거칠게 홍콩의 뒷골목을 누비는 젊은 건달 유덕화, 대책 없이 찌질하게 사고 치고 막 나가는 골치덩이 동생이자 부하인 장학우, 그리고 유덕화 패와 사사건건 각을 세우는 건달패 만자량, 그들이 펼쳐보이는 뜨거운 이야기, 정도로 요약할 수 있을까. <열혈남아>는 왕가위의 특기인 핸드헬드, 스탭 프린팅, 슬로우 모션이 적절하게 활용되면서 뮤직 비디오 같은 감각적인 화면과 미장센을 선사한다.

결국 <열혈남아>는 출구가 보이지 않는 답답한 청춘들의 세상에 대한 반항과 몸부림을 담아낸 영화다. 지금 봐도 상당한 감정이입이 되는데, 이 영화가 본토 반환을 앞둔 홍콩인들의 불안을 투영했다는 것을 고려하면 더더욱 그러하다. 홍콩 뒷골목을 누비는 건달패 유덕화와 장학우, 그들은 착실한 목표란 없고 그저 하루하루 되는 대로 살아간다. 돈도, 빽도 없는 청춘들, 유덕화는 그러나 고향 후배이자 부하인 장학우를 끝까지 포기하지 않는다. 유덕화는 어여쁜 장만옥과 오순도순 살 수도 있었다. 그러나 유덕화는 우는 장만옥을 두고 기어이 떠난다. 그게 유덕화의 신념이요 길이니까.

<열혈남아>는 왕가위의 눈부신 데뷔작이지만, 정작 개봉 당시에는 그닥 주목을 받지 못했다. 하지만 시간이 흐르면서 재발견되었고, 이제는 홍콩 느와르의 걸작으로 남았다. <영웅본색>의 성공 이후 무분별하게 쏟아진 홍콩 느와르들이 대개 영웅주의적 형상을 그리는 데 주력한데 반해, <열혈남아>는 비열하고 냉정한 게임의 법칙을 리얼하게 묘사했다. 신선한 영상과 탄탄한 스토리, 주인공들의 빼어난 연기가 삼박자를 이루며 신예 왕가위를 각인시킨 영화다.

결말이 다른 홍콩 버전과 대만 버전이 있다. 영화를 여러 번 본 나는 홍콩 버전을 더 좋아한다. 그 유명한 공중전화 신 에서 흘러나오는 노래도 임억련이 커버한 베를린의 <Take My Breath Away>를 더 좋아한다. 사랑하는 여인 장만옥의 만류를 뿌리친 채 기어코 동생 장학우의 복수에 나섰다가 비

극적 최후를 맞는 유덕화, 총을 맞고 쓰러지는 순간, 지난 과거가 파노라마처럼 스쳐 지나간다. 엔딩곡 <치심작부>가 흘러나온다. 유덕화가 직접 부른 노래다. 유덕화는 차가운 바닥에서 몸을 펄떡인다.

인상적인 신이 너무나 많다. 란타우섬에서 홍콩을 오가는 페리호, 란타우 선착장의 공중전화 신, 홍콩의 어느 거리에서 떨어지는 비를 피하려 뛰어간 처마에서 만난 옛사랑과의 대화, 열받은 유덕화가 복수를 위해 달려 나가는 장면 등등, 내 인생의 영화로 꼽는 만큼 좋아하는 장면이 너무나 많다. 왕가위의 많은 영화들을 다 좋아하지만, 나는 이 영화 <열혈남아>가 월등히 좋다.

Scene 8. 〈플래시 댄스〉

너의 꿈을 응원할게

애드리안 라인 | 제니퍼 빌즈 외 | 1983년

1983년 작 <플래시 댄스>는 저예산으로 만들어져 세계적 흥행을 한 영화다. 현란하고 열정적인 댄스와 그 유명한 주제곡 <What a Feeling>으로 유명한데, 이후의 수많은 댄스 영화, 뮤지컬 영화에 커다란 영향을 끼쳤다. 또한 여주인공 제니퍼 빌즈의 헤어 스타일, 군복 패션들도 세계적인 유행을 일으켰던, 대단한 영화라 하겠다.

요컨대 한 획을 그은 영화다. 이후의 댄스 영화의 수작들, 예컨대 <더티 댄싱>, <백야>, <코요테 어글리> 등등의 영화들이 다 이 <플래시 댄스>의 자장 안에 있다고 해도 과언이 아닐 것이다.

영화의 서사는 단순하다. 어려운 환경에서도 자신의 꿈을 향해 달리는 젊은 여자 주인공이 현실에서 많은 역경을 겪고 그것을 극복하면서 성취를 이뤄낸다는 스토리다. 하지만 영화는 무척이나 신선하고 활력이 가득하며 곳곳에 인상적인 장면으로 가득하다. 한국에서 83년도에 개봉했으니 극장에 가서 보진 못했고 한참 뒤에 TV로 접했을 텐데, 제니퍼 빌즈의 화려하고 또 파격적인 춤과 그에 찰떡같이 어울리는 멋진 음악은 청소년기의 나에게 적잖은 충격을 주었던 것 같다. 하,

이런 영화가 있다니.

내가 그 영화를 아주 인상적으로 기억하는 이유는 또 있다. 여주인공이 보여주는 자유분방함, 거리낌 없는 순수함, 또 한 편으로는 성적으로 거침없는, 섹시함이 강렬한 인상으로 남았기 때문이다. 극 중 여주인공은 분명히 아직 틴에이저다. 그러나 그녀는 순수와 외설을 아슬아슬하게 넘나드는 자유분방함으로 팔색조 같은 느낌을 준다. 낮에는 용접공으로 일하며 중성적 느낌을 주고, 밤에는 당시 한국에선 듣도 보도 못한 플로어 댄스를 추며 야한 모습을 보여주는 이 상반된 모습이 무척이나 강렬했던 것 같다.

또한 제니퍼가 추는 다양하고 역동적인 춤들, 가령 길거리를 걸으면서 추는 힙합, 브레이크 댄스 등은 정말 인상적이고 강렬했다. 물론 엔딩은 다행스럽게도, 그리고 안전하게도 그녀가 꿈꾸던 국립 무용단의 오디션으로 채워진다. 여기서 맘 놓고 그녀의 실력과 도전 정신을 보여주며 해피엔딩을 맞는다.

꿈과 사랑, 도전과 좌절, 다시 그것을 극복하고 마침내 성취를 이뤄내는 성장 스토리, 여주인공의 다채로운 매력과 활기, 화려하고 강렬한 댄스와 멋진 음악이 삼박자를 맞추며 댄스 영화의 새 장을 연 영화, 바로 <플래시 댄스>다.

Scene 9. 〈연인〉

이것이 격조 있는 멜로다

장 자크 아노 감독 | 제인 마치, 양가휘 외 | 1992년

1부 나를 뒤흔든 내 인생의 영화

누군가 나에게 좀 수준 있는 멜로, 혹은 에로 영화에 대해 묻는다면 몇 편의 영화를 꼽겠다. 그중 한 편이 바로 이 1992년 작, 장 자크 아노 감독의 영화 <연인>이다. 홍콩 배우 양가휘, 그리고 프랑스 여배우 제인 마치의 인생작이기도 할 텐데, 30년이 지난 지금 다시 봐도 감탄이 나온다.

1992년, 이 영화를 극장에서 보던 그때, 내 나이 갓 스물이었다. 당시의 나로서는 거의 실제에 가까운 수위 높은 러브신에 대한 호기심이 가장 강했을 것이다. 두 번째로 인도차이나를 가로지르는 메콩강의 그 광활하고 수려한 풍광이 인상 깊게 와 박혔다. 물론 그때도 그들의 독특한 사랑 이야기, 제인 마치의 불우한 가정사, 부잣집 도련님이지만 뭔가 불안불안하고 일 저지를 것 같은 양가휘의 모습에 감정이입해 가슴 아파했을 테지만, 나이가 들어 다시 보는 <연인>은 또 다른 느낌으로 다가온다.

주지하듯 영화 <연인>은 프랑스의 유명 작가 마르그리트 뒤라스의 동명 소설을 원작으로 한 영화다. 그러니까 이 이야기는 작가 뒤라스의 자전적 체험담을 근거로 만들어진 터라

더욱 생생하고 드라마틱하다고 할 수 있을 것이다. 대개 소설을 원작으로 한 많은 영화들이 원작에 못 미치는 경우가 대다수인데, 이 영화는 소설 못지않은 높은 평가를 받는 작품이다. 국내에서도 많은 셀럽들이 그 부분을 높이 사며 인생 영화로 꼽기도 하는 것 같다. 나는 원작 소설을 읽지 않아 잘 모르겠으나 나에게 <연인>은 그냥 영화 <연인>이다. 소설을 따로 읽을 일은 아마 없을 것 같다.

지금으로부터 딱 100년 전, 프랑스령이었던 베트남에서 가난한 프랑스 10대 소녀와 돈 많은 부잣집 도련님인 30대 중국 남자가 메콩강 위에서 처음 만난다. 편하게 놀고먹으며 사랑에 탐닉하던 남자는 10대의 이국 소녀에게 첫눈에 반하고, 사는 게 무료하고 고달픈 가난한 10대 소녀는 30대 남자와 처음으로 육체적 관계를 맺는다. 어찌 보면 비현실적이고 또 원조 교제나 막장처럼 느껴질 법한 소재이지만, <연인>은 에로, 멜로 영화의 영토에 큰 깃발 하나를 꽂은 작품이다.

양가휘의 젠틀하면서도 여릿한 외모와 분위기, 빨려 들어갈 것 같은 눈동자를 지닌 매혹적인 제인 마치의 거침없는 직진은 관객들의 마음을 마구 흔들어 놓는다. 가슴을 쿵하고 친 몇몇 장면으로 마무리 짓겠다. 메콩강을 오가는 배 위에서, 그리고 본국 프랑스로 돌아가는 큰 배 위에서 풍광을 응시하며 발 한쪽을 살짝 뱃전에 걸치는 제인 마치의 모습이 잊히지 않는다. 그리고 차 밖에서 안에 앉아있는 양가휘를 보며 입술을 가져다 대는 모습도. 마지막으로, 커다란 배를 타고 베트남을 떠나가는 제인 마치의 무표정한 모습과 그런 그녀를 바라보며 가슴 아프게 울고 있을 것 같은, 분명 양가휘가 타고 있을 부둣가 한켠에 세워진 자동차의 모습이 가슴을 쿵하고 친다. 이것이 바로 사랑이다!

사랑이라는 단어가 낯설게 느껴지고 그 세포가 말라가는 이들에게, 그런 게 있었나 싶게 메마르고 서걱서걱한 이들에게, 살아보니 별거 없더라, 그까짓게 뭔 대수냐고 말하고 싶은 이들에게 권하고 싶은 영화, 바로 <연인>이다.

인생은 영화처럼, 영화는 인생처럼

Scene 10. 〈사랑과 영혼〉

가슴 아리는 순애보

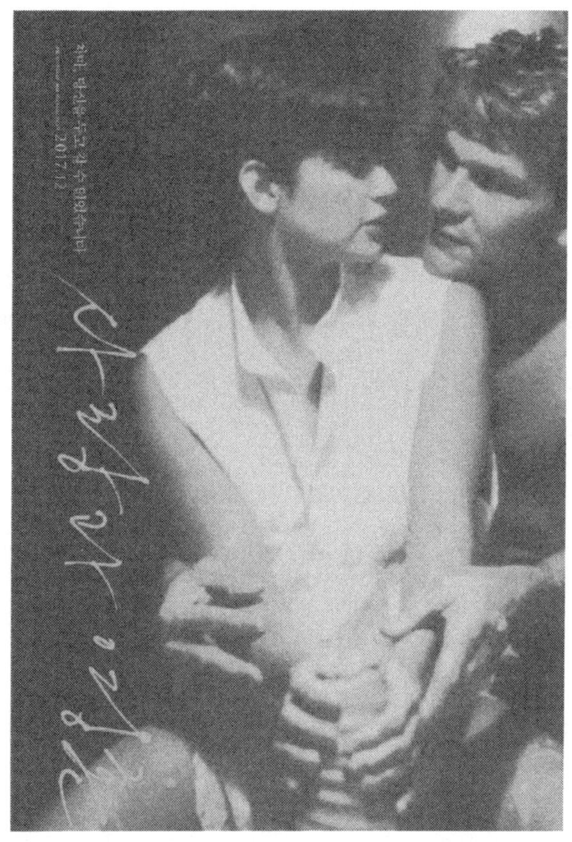

제리 주커 감독 | 데미 무어, 패트릭 스웨이지 외 | 1990년

1990년, 고3이었다. 수원의 신생 인문계 고등학교, 최대의 학령인구를 기록하던 시절, 오로지 대학 입시만을 위해 무지막지하게 학생들을 몰아가던 시절이었다. 3년 내내, 밤 11시 넘어까지 몰아대던 자율 학습, 보충 수업. 싱그럽고 자유롭게 피어나야 할 청춘들은 그 틀에 박힌 지겨운 학교생활에 지쳐갔고, 오로지 성적으로만 줄 세우는 학교에, 사회에 불만은 계속 쌓여갔다. 어설픈 풋사랑도 제대로 이어질 리 만무했다. 허무하고 괴로웠다. 돌아보면 그래도 그립고 그 속에 풋풋한 추억도 있는 것 같지만 당시로는 낙도 없고, 출구도 잘 보이지 않는 괴로운 청춘이었다.

그런 빡빡한 고3 시절이었지만, 극장에 가서 본 몇 편의 영화가 생각난다. 그리고 1990년 하면 그리고 즉각적이고 가장 먼저 떠오르는 영화가 있으니 바로 데미 무어, 패트릭 스웨이지, 우피 골드버그가 열연한 <사랑과 영혼>이다.

아, 가슴 아픈 사랑 이야기, 순애보. 절정의 미모, 청순미가 뚝뚝 묻어나는 단발이 그토록 아름답다는 걸 알게 해준 데미 무어. 아, 이렇게 안타까운 이야기가 있을까 싶었고, 익살스럽지만 정 깊고 인간미 넘치는 우피 골드버그의 맛깔나는 연기도 잊을 수 없다. 그리고, 가슴을 후벼파는, 애절한 멜로디, 주제곡 언체인드 멜로디까지. <사랑과 영혼>은 감수성 예민한 사춘기 우리들에게, 입시로 찌들고 억눌린 가련한 청춘들에게 운명처럼 찾아와 가슴을 마구마구 흔들어 주었던 것이다.

지금도 이 정도로 울림 있게, 또 흥미진진하게 관객을 울리고 웃기는 순애보, 러브 스토리는 흔치 않다. 1990년, 고3, 청춘, 첫사랑, 이런 것들을 다시 환기시키면서 여전히 가슴을 때려주는 영화가 이 <사랑과 영혼>이고, 잊을 수 없는 내 인생의 영화인 것이다.

Scene 11. 〈태양은 가득히〉

청춘, 햇살, 그리고 욕망

르네 끌레망 감독 | 알랭 들롱 외 | 1960년

인생은 영화처럼, 영화는 인생처럼

돌아보면 할리우드 영화와 한국 영화, 그리고 중국 영화를 가장 많이 본 것 같다. 그 밖의 순위를 꼽으라면 일본 영화, 프랑스 영화가 뒤를 이을 것 같다. 그중에서 오늘은 프랑스 영화에 대해 좀 이야기해 보려 한다. 프랑스 영화 중에도 재미있게 본 영화들이 많다. 뤽 베송의 <레옹>, <그랑블루>도 무척 좋아하는 영화이고, 학창 시절 좋아했던 소피 마르소 주연의 <라붐>도 생각난다. 모니카 벨루치의 <라빠르망>도 좋아했고, 한때 세계 영화계를 뜨겁게 했던 레오 카락스 감독의 <나쁜 피>, <퐁네프의 연인들>도 생각난다. 앞에서 언급한 <연인>도 물론 감명 깊게 본 프랑스 영화다. 그밖에도 여러 영화들이 있을 것이다.

그리고 그에 앞서 나에게 프랑스 영화하면 시기적으로도 그렇고 가장 먼저 떠오르는 영화가 있으니 바로 알랭 들롱 주연의 <태양은 가득히>다. 허, 제목도 멋지고 무엇보다 젊은 시절 알랭 들롱의 눈부신 미모를 만날 수 있기에 인상적인 영화이기도 하다. 1960년 작이니 무려 65년 전 영화인데, 전혀 촌스럽거나 올드하지 않다. 제목처럼 태양은 뜨겁게 작렬하고 눈부시게 파란 바다, 그리고 그보다 더 눈부신 알랭 들롱의 외모에 감탄이 나는 영화이다. 치명적인 아름다움이란 표현이 남자에게도 어울린다니!

　부자인 친구를 죽이고 자신이 모든 걸 차지하려는, 완전범죄를 꿈꾸는 알랭 들롱, 질투에 눈이 멀어 영혼을 파는 가련한 청춘, 그런데 한편으로는 그에게 느껴지는 연민은 무엇인가. 그의 고달픈 청춘이, 선하고 순수한 눈망울이, 빨려들 것 같은 그 눈부신 외모가 비열하고 잔혹한 범죄를 잠시 잊게 해주는 것인가. <태양은 가득히>는 청춘의 욕망과 배신, 파멸을 아름다운 지중해에 녹여낸 명작이다. 마지막의 반전, 모든 게 자신의 계획대로 진행된 줄 알지만 진실은 결국 드러나는 법. 아름다운 지중해 바닷가에서 만족하고 평화로운 오후를 즐기는 알랭의 미소, 그만이 모르는 결말…….

　언젠가 소설가 최인호가 자신의 인생 영화로 <태양은 가득히>를 꼽은 글을 본 적이 있다. 어떤 영화인가 했다가 나 역시 푹 빠진 영화다. 극장에서 보진 못했고 TV로만 몇 번 봤는데, 큰 화면으로 봤다면 아마도 그 인상이 몇 배로 강했을 것이다. 잔잔히 깔리는 그 주제곡은 또 어떤가. 영화가 얼마나 매력적인 예술인가를 잘 보여주는 명작, <태양은 가득히>다.

Scene 12. 〈캐스트 어웨이〉

이제 나는 어디로 가야 하나

로버트 저메키스 감독 | 톰 행크스 외 | 2001년

할리우드를 대표하는 두 명의 '톰 아저씨'가 있다. 한 명은 30년 넘게 액션 블록버스터 영화의 주연을 맡으며 여전한 액션 파워를 과시하는 톰 크루즈고, 또 한 명은 폭넓은 연기력을 자랑하며 가장 미국적인 배우라는 평가를 받는 톰 행크스다. 톰 행크스는 국민 배우로 꼽히고 미국의 얼굴로 인정받고 있으며 또 수많은 미국 배우들이 최고의 배우로 그를 꼽는다.

나 역시 톰 행크스를 좋아하는데, 그가 주연한 영화 중 좋아하는 영화를 생각해 보니 많은 영화들이 떠오른다. 시간적으로도 80년대부터 최근까지 40년을 넘나든다. 가령 <빅>, <필라델피아>, <시애틀의 잠 못 이루는 밤>, <포레스트 검프>, <라이언 일병 구하기>, <터미널>, <캡틴 필립스> 등등 많은 영화들이 있다. 얼핏 돌아봐도 다양한 장르에서 좋은 연기를 보여준 것 같다. 그런데 그의 수많은 영화 중에서 내가 가장 좋아하는 영화는 2000년 작인 <캐스트 어웨이>다. 작품성을 떠나 가장 흥미롭게 보았고 또 큰 감정적 울림을 준 작품이라 그런 것 같다.

어린 시절 누구나 재밌게 읽었을 <로빈슨 크루소>라는 소설이 있다. 무인도 표류기인 이 이야기는 어린 시절 소년들에게, 말하자면 묘한 낭만과 동경을 일으키기도 했던 것 같다. 아마도 로빈슨 이야기를 영상화한다면 바로 이 영화 <캐스트 어웨이> 같은 작품이 나올 것이다. 그래서 그런가, 일단 소재부터 강하게 끌렸던 영화였다. 물론 <캐스트 어웨이>는 단순한 무인도 표류기를 그리고 있는 영화가 아니다. 요컨대 영화는 인간의 외로움, 연약함, 사회적 관계, 회복력, 그럼에도 우리가 살아가는 이유, 추구해야 할 어떤 것들에 대한 질문을 시종 던진다.

가장 가슴 아프면서도 강한 울림을 준 장면은, 아마도 많은 이들이 공감할 것 같은데, 배구공 윌슨과 이별하는 장면일 것이다. 망망대해 너머 저 멀리 떠나가는 윌슨을 보며 울부짖는 톰 행크스의 모습은 정말이지 가슴을 뭉클하게 했다. 그에게 윌슨은 어떤 존재였던가. '미안해'를 외치는 그를 보며 눈가에서 뜨거운 게 주르륵 흘러내렸다.

자, 이제 결말이다. 우여곡절 끝에 무인도를 빠져나와 그토록 보고 싶던 연인을 찾아갔건만, 어릴 적 우리가 읽었던 이야기의 결말처럼 사랑하는 그 연인은 새로운 누군가를 만나 행복한 가정을 꾸리고 있다. 아, 어쩔 것인가. 그녀를 원망할 수는 물론 없다. 그녀도 당혹스럽고 미안하긴 마찬가지다. 그래도 한줄기 위안이 되는 것은 그들이 함께 탔던 자동차를 버리지 않고 그대로 보관하고 있었다는 것. 톰은 비로소 진정으로 그녀의 행복을 빌어줄 수 있을 듯하다.

사는 게 지루하고 짜증스럽거나 맘 같지 않아 괴로울 때, 이 영화 <캐스트 어웨이>를 다시 보면 어떨까. 분명 뭔가를 전달해 줄 것 같다.

Scene 13. 〈와호장룡〉

무협 영화의 최고봉

리안 감독 | 장쯔이, 양자경, 주윤발 외 | 2000년

지난 부산영화제에서 주윤발이 올해의 아시아 영화인 상을 받았다. 십수년 만의 방한에 많은 팬들이 환호했다. 주윤발이 누구인가. 80, 90년대 홍콩 느와르의 중흥을 맨 앞에서 이끌었고, <영웅본색>, <첩혈쌍웅> 같은 전설적 느와르를 통해 아시아의 슈퍼스타로 군림했다. 한국 TV 광고에 최초로 출연한 외국 스타이기도 했는데, '사랑해요'를 외치던 밀키스 광고는 잊을 수 없는 추억이다. 잘생긴 배우들은 외모의 덫에 갇히는 경우가 많은데, 주윤발은 연기의 스펙트럼이 넓은 특A급 배우였다. <우견아랑>, <가을날의 동화>, <종횡사해> 같은 멜로나 드라마 장르에서도 주윤발은 늘 반짝이는 연기를 보여준다. 유덕화나 양조위가 코미디를 찍으면 왠지 안 맞은 옷을 입은 듯 영 어색하지만, 주윤발은 전혀 어색하지 않고 아주 잘 어울린다.

80, 90년대 전성기를 누린 주윤발, 이 시기 영화를 꼽으라면 <영웅본색> 시리즈, <첩혈쌍웅>과 그에 버금가는 수작 <용호풍운>, 그리고 갬블러 무비의 진수인 <정전자>, <도신 2>, 그 외에도 <첩혈속집>, <타이거맨>, <강호정> 등등 여러 작품을 거론할 수 있겠다.

알다시피 주윤발은 90년대 말 홍콩을 넘어 할리우드에 진출한다. 그를 무비 히어로로 이끈 오우삼이 적극 도움을 주었지만, 아쉽게도 할리우드에서 주윤발은 별 임팩트 없이 그저 그랬다. 이때부터를 주윤발의 후기로 친다면, 내 보기엔 딱 하나 번쩍이는 수작이 있다. 바로 리안 감독의 무협 명작인 2000년 작 <와호장룡>이다.

<와호장룡>, 그해 전 세계 영화계에서 큰 바람을 일으킨 작품이다. 아마도 이소룡 이후 아시아 액션 영화로서 가장 큰 화제와 히트를 친 영화가 아닐까 싶다. 뭐 워낙 유명한 영화이고 오래된 영화이니 영화에 대해 이런저런 설명을 더하는 건 별 의미가 없을 것 같다. 주윤발은 느와르에 익숙한 총잡이다. 다시 말해 무술과는 영 거리가 있는 배우인데, 여기서 주윤발은 강호의 초절정 고수 리무바이 역을 매우 훌륭하게 소화한다. 역시 특급 배우임을 여실히 증명한다.

아마도 스무 번 쯤은 본 것 같고 다각도에서 할 말이 많지만, 나는 <와호장룡>에서 딱 두 장면만 언급하고자 한다. 초반 장쯔이가 복면을 하고 밤에 몰래 들어와 청명검을 훔쳐 달아날 때, 그걸 보고 쫓아가는 양자경, 그 둘의 대결 신이 기가

막힌다. 몇 번을 다시 봐도 과연 저걸 어떻게 찍었을까, 감탄이 절로 나온다. 그리고 정중동, 부드러움이 강함을 이긴다는 명제를 시각적으로 잘 보여주는 명품 대나무 대결 신, 역시 두말할 나위 없다. 주윤발과 장쯔이의 역할과 성격, 세계관도 잘 대비를 이루며 멋진 장면을 연출한다. <와호장룡>으로부터 23년, 매해 수많은 무협 영화가 만들어지지만 그걸 뛰어넘기는커녕 그 근처에 다가가는 영화조차 없는 것 같다.

주윤발의 올드팬으로서, 최근 그의 배우로서의 행보가 다소 아쉽다. 물론 이미 충분히 보여줬지만, 기왕이면 현역으로 좀 더 의미 있는 영화에 자주 출연했으면 하는 바람이 있다. 10여 년 전의 <조조>, <공자>, <대상해> 정도가 그나마 언급할 만한 작품이고 그 외엔 별 의미가 없다.

Scene 14. 〈황해〉

우리들의 일그러진 자화상

나홍진 감독 | 김윤석, 하정우, 조성하 외 | 2010년

영화 <황해>는 삶의 벼랑 끝에 몰린 한 남자의 이야기다. 극단적 상황에 처한 남자 이야기는 종종 영화적 소재가 되지만 <황해>가 남다른 점은 이야기의 외연을 넓혔다는 점에 있다. 황해를 맞대고 있는 한국과 중국을 오가며 인간 세상의 거대한 무질서와 끝간 데 없는 욕망의 광기를 섬뜩하게 그려내고 있는 <황해>는 이른바 한국적 리얼리즘 영화의 수작으로 꼽을 수 있는, 진한 여운을 남기는 영화다.

'연변에 개병이 돌고 있다'라는 구남의 독백은 앞으로 펼쳐질 영화의 내용을 압축적이고 상징적으로 대변한다. 연변 어디에서도 사회주의 중국을 발견할 수 없다. 철저히 자본화된 그 공간 속에서 모든 것은 돈으로 환산된다. 택시 기사 구남은 한국으로 돈 벌러 떠난 아내를 기다리며 하루하루 마작을 하며 지낸다. 도박 비용과 아내의 한국행 비용 등으로 사채업자의 돈을 빌려 쓴 구남은 계속 늘어가는 빚 독촉에 시달린다. 설상가상 한국에 간 아내와는 연락이 끊어진 지 오래다. 앞이 보이지 않는 나날들, 그 절망의 끝에서 구남은 면가의 제안을 받아들인다.

마침내 황해를 건너는 구남, 밀항이라는 극한의 고통을 견

디며 도착한 한국은 어떤 곳인가. 구남과 같은 이방인이 결코 발붙이기 힘든 공간이며, 연변과 마찬가지로 사람들의 목숨을 쥐락펴락하는 무소불위의 '자본'이 판을 치는 세상이다. 무능한 공권력은 인간들의 광기 어린 욕망을 제어하지 못하고 그 결과로 가족과 공동체는 산산이 부서진다. 결국 돌이킬 수 없는 이별과 살인과 비극이 초래되고 개인은 허망하게 희생된다.

<황해>의 가장 인상적인 장면은 구남을 놓친 면가 일행이 그들의 아지트로 돌아와 텔레비전을 보며 족발을 물어뜯는 부분이다. 흥미롭게도 면가의 아지트는 집이라기보다는 동굴처럼 묘사되고 있고, 게걸스럽게 족발을 먹는 면가 일행은 흡사 그 옛날 원시인들의 모습을 연상케 한다. 그것은 물질적 풍요로움, 최첨단의 과학 시대, 인간의 존엄성, 선진화된 문명 세계를 지향하는 오늘날 우리 사회와 극명하게 대비되는 모습이다. 하지만 그 장면은 말한다. 우아하게 포장된 한 껍질만 벗기면 드러나는 원시적 폭력성, 패거리 의식, 갖가지 어휘로 포장된 소유욕과 색욕 등에 대해. 곧이어 등장하는, 돼지 족발을 휘두르는 면가의 모습은 그러므로 상징적이다. 극 중 태

원은 여자 때문에 살인을 저지르고 면가는 오로지 돈 때문에 무시무시한 살인과 범죄를 서슴치 않는다. 구남은 그 둘 모두 때문에 일을 맡는다. 그리고 셋 모두는 죽는다. 돈과 여자, 예로부터 남자가 죽고 사는 가장 분명한 이유다. 현대 자본주의 사회에서 돈과 여자(가정)은 인간의 욕망과 폭력성을 투영하는 뚜렷한 목적이지만 결코 그것이 완전한 자유와 행복을 가져다 주지 못한다. 갈망하면 할수록 달아나는 신기루 같은 것으로 인간을 황폐하게 만들고, 결국엔 자신이 진정으로 원하는 것이 무엇인지 조차 잊은 채 파국으로 치닫는 일이 우리 사회에 얼마나 많던가. <황해>는 구남이 그토록 목마르게 기다렸던, 인간이 가장 중요시하는 기본적인 가치가 어떻게 훼손당하고 그 결과로 어떤 일들이 벌어지는지를 적나라하고 차분히 보여준다. 너무나 적나라해서 일견 참을 수 없을 정도로 잔혹하고 공포스럽게 느껴진다. 그러나 영화로부터 느껴지는 분노와 공포는 어쩌면 이 거대하고 비정한 현실 사회에서 오직 하나의 소모품으로 취급되는 '개인'이 느끼는 공포에 비한다면 아무것도 아닐지 모른다.

다시 영화의 처음 구남이 말했던 '개병'으로 돌아가 보자.

그 '개병'이라는 것은 지 어미와 주위 동물들을 물어 죽이다가 결국엔 굶어 죽게 되는 병이다. 구남이 읊조렸던 그 '개병이 도는 세상'은 모든 것이 돈으로 치환되는 무소불위의 자본, 즉 '물질적 탐욕'을 쫓으며 아귀다툼을 벌이다가 낙오하고 절망하거나 그 무한 경쟁에서 살아남아 계속해서 이길 대상을 찾아 헤매다가 결국 파국을 맞는 우리들의 일그러진 자화상이다. <황해>는 묵직한 화두를 던지는 한국적 리얼리즘 영화의 문제작이다.

Scene 15. 〈러브레터〉

오겡끼데스카!

이와이 슌지 감독 | 나카야마 미호 외 | 1995년

내가 20대를 보낸 1990년대에 두 명의 아시아 감독이 한국 청춘들의 마음에 커다란 진동을 주었는데, 한 명은 홍콩의 왕가위고, 또 한명은 일본의 이와이 슌지였다. 물론 그밖에도 여러 감독들과 배우들이 있겠으나, 90년대 당시 신드롬급 인기를 구가하며 많은 영향을 준 감독이라면 나는 개인적으로 그 둘을 꼽겠다.

이와이 슌지 하면 역시 <러브레터>가 가장 먼저 떠오른다. 정식 개봉 전에 대학가에서 먼저 영화제 상영본이 돌았던 것 같다. 1995년 작인데 97년쯤 처음 본 것 같다. 이후 일본 문화 개방이라 하여 몇 편의 영화들이 정식 개봉되기 시작했는데 그때 이 <러브레터>도 개봉되어 큰 인기를 끌었던 기억이 난다. 하얀 설산을 향해 '오겡끼데스카'를 외치던 주인공, 크, 그것이 가슴을 쿵하고 쳤던 것 같다. 그리하여 이 <러브레터>는 말하자면 아시아 멜로 영화에 한 획을 그었다고 할 수 있을 것 같다. 가령 한때 유행하던 대만의 학원 로맨스물 등등이 이 <러브레터>의 자장 안에 있다고 볼 수 있지 않을까.

2024년 겨울부터 2025년 초봄에 이르기까지, 근래에는 유난히 눈이 많이 내린 것 같다. 이 영화, <러브레터>에도 눈이 참 많이 나온다. 첫 장면부터 마지막 장면까지 새하얀 눈으로 시작해서 눈으로 끝나는데, 그에 걸맞게 맑고 투명한, 순도 백 프로의 영화가 아닐까 싶다. 첫사랑, 교복, 학교, 자전거, 츤데레 이런 키워드들이 떠오른다. 또한 허망히 떠나보낸 사랑을 잊지 못해 어쩌지 못하는 여주인공의 순애보, 그런 그녀를 묵묵히 지켜보며 다가가는 선배, 우연히 받게 된 편지를 통해 또 중학 시절 같은 반, 같은 이름을 가진 남학생을 추억하며 그것이 인생에 있어 잊지 못할 빛나던 순간이었음을 다시 느끼는 또 다른 주인공. <러브레터>는 이와이 슌지의 섬세한 연출력과 인생의 면면을 건드리는 다층적인 내러티브, 그리고 아기자기하고 잔잔한 풍경, 멋진 음악을 잘 조화시키며 잊지 못할 감동과 매력을 선사했다.

눈 오는 겨울이면 떠오르는 영화로 몇 손가락 안에 꼽을 만한 영화이고, 주제곡 <윈터 스토리>도 들을 때마다 기분 좋은 감동을 준다. 나도 학창 시절을 배경으로 한 영화를 준비 중인데, 이와이와 같은 감성은 도저히 따라갈 자신이 없다. 물론 나는 나대로의 이야기를 펼칠 것이다.

인생은 영화처럼, 영화는 인생처럼

Scene 16. 〈레옹〉

액션, 감성을 만나다

뤽 베송 감독 | 장 르노, 나탈리 포트만 외 | 1996년

　지금으로부터 딱 30년 전인 1994년 프랑스 영화 한 편이 개봉되어 큰 반향을 일으켰다. 할리우드의 액션 영화와 닮은 듯 다른, 뭐랄까 미국식 갱스터 영화와는 뭔가 다른 독특한 감성을 담은 영화였다고 할까. 바로 <레옹> 이야기다.

　킬러와 소녀, 레옹과 마틸다, 우유와 화분, 뉴욕의 거리, 가슴을 찌르고 들어오는 감성적인 주제곡, 이런 것들로 먼저 기억되는 <레옹>은 촉촉한 감성과 손에 땀을 쥐게 하는 긴장감을 놓치지 않는 스토리 텔링과 잊혀지지 않는 강렬한 캐릭터를 성공적으로 구축하여 세계적인 흥행에 성공하였다. 이 매력적인 영화를 만든 감독 뤽 베송의 이름도 널리 알려지게 된다.

　피도 눈물도 없는, 프로페셔널한 킬러 레옹과 한순간에 가족을 잃어버린 외로운 소녀 마틸다. 영화는 도저히 어울릴 것 같지 않은 이 두 인물을 따라가며 이야기를 전개한다. 레옹과 마틸다는 함께 살게 되면서 이전과는 다른 일상을 마주하게 되고, 뜻밖에 두 사람 사이에 깊은 유대감이 싹트기 시작한다. 레옹은 감정을 배제한 냉혹한 킬러에서 목숨을 걸고 소녀를 지키려는 보호자로 변모하고, 소녀의 눈으로 보는 세상은 모순에 가득 차있고, 잔혹하면서도 동시에 아름답고 순수하다.

레옹과 마틸다의 관계는 친구이자 가족, 연인, 스승, 제자 등 다양한 의미로 작용하면서 서로의 삶에 커다란 영향을 준다. 마틸다를 보호하려는 레옹과 레옹의 상처를 보듬고 마음을 열게 하는 마틸다, 그들의 관계는 시간이 갈수록 더욱 단단해지고 깊어진다. 감성과 액션을 아우른 영화가 비단 <레옹> 한 편이 전부가 아님에도 불구하고 <레옹>이 항상 더 매력적인 영화로 기억되는 이유를 묻는다면, 이 영화가 레옹과 마틸다의 비극적이면서도 아름다운 관계를 얼마나 촘촘히 묘사하고 있는지에 주목해 보라고 답할 수 있을 것 같다. 영화 <레옹>의 이야기는 그러므로 단순한 복수나 권선징악에 그치지 않고 나아가 용서와 구원까지도 말하고 있다고 하겠다.

<레옹>은 배우들의 매력이 120% 발휘된 영화다. 장 르노는 그 어떤 배우보다 레옹에 최적화된 배우 같다. 비주얼에서 섬세한 감정선까지 아주 빼어나게 형상화했다. 마틸다 역의 나탈리 포트만도 감탄의 연속이다. 어리지만 당차고 씩씩하며, 동시에 상처받고 외로운 소녀의 감성을 누구보다 잘 소화했다고 본다. 많은 감정을 담아내던 그 눈망울을 잊을 수 없다. 강렬한 연기파 배우 게리 올드만의 악역도 끝내준다. 그의

뛰어난 연기는 명불허전이고 영화를 더욱 드라마틱하게 만들었다. 하나만 더, 주제곡인 스팅의 <셰이프 오브 마이 하트>는 잊을 수 없는 '띵곡'이다.

<레옹>을 너무 좋아했던 나, 그로부터 약 10년 뒤, 중국 상하이에서 박사과정을 밟던 어느 날, <레옹 2>가 나왔다는 말을 듣고 헐레벌떡 달려가 DVD를 샀다. <와사비-레옹 파트 투>라는 타이틀을 단 그 영화는 그러나 너무 실망스러웠다.

Scene 17. 〈인생은 아름다워〉

인생이 슬프고 괴롭다면 이 영화를 보라

로베르토 베니니 감독 | 로베르토 베니니 외 | 1997년

찰리 채플린이 남긴 유명한 말이 있다. "인생은 멀리서 보면 희극이요, 가까이서 보면 비극이다." 호, 복잡미묘하고 구구절절한 세상살이의 포인트를 날카롭게 포착한, 멋진 말이다.

평소 이탈리아 영화를 접하기란 쉽지 않지만 그동안 보아온 몇몇 이탈리아 영화들은 할리우드 영화와 확연히 다르고, 또한 우리 아시아 영화들과도 다른 느낌으로 다가온다. 80, 90년대에 본 이탈리아 영화 중 좋아하는 영화가 몇 편 있는데, 예컨대 <일 포스티노>, <지중해>와 <인생은 아름다워> 등의 영화들이다. 이런 영화들을 다시 추억해 보면 앞서 말한 채플린의 명언이 자연스레 떠오른다. 웃음 속으로 스며드는 슬픔, 같은 감정들이.

<인생은 아름다워>는 많은 이들이 인생의 영화로 꼽는 작품이다. 감독, 주연, 각본을 맡은 로베르토 베니니는 이 영화로 1998년 아카데미영화제에서 남우주연상을 거머쥐었는데, 이는 비영어권 영화로는 최초라고 한다. 그만큼 그해 이 영화가 선사한 감동은 압도적이었다고 할 수 있을 것 같다. 뉴욕타임즈는 이 영화를 다음과 같이 평했다.

인생은 영화처럼, 영화는 인생처럼

"역사를 신중하면서도 너무 무겁지 않게 다루는 데 성공한 작품이다."

2차 세계대전의 끔찍한 학살이 자행되는 유태인 포로수용소 안, 어린 아들을 끝까지 보호하고 지키려는 한 아버지가 있다. 아버지는 그 최악의 상황에서도 삶에 대한 희망과 긍정, 유머를 결코 잃지 않으면서 어린 아들에게 인생은 아름다운 것이라는 것을 계속해서 알려준다. 마지막 순간 아들과 영원한 작별을 맞이하는 그 찰나에도 아들에게 윙크로 사랑을 전하는 주인공의 모습에 가슴이 미어졌다.

오, 이토록 슬프고 가슴 아픈 이별이라니… 영화 <인생은 아름다워>는 마지막까지 삶을 뜨겁게 긍정하며 끌어안는 주인공을 통해 인생에 대한 깊은 사유를 펼쳐보인다. 결코 가볍지도, 무겁지도 않게, 인생과 우리의 희로애락, 그리고 죽음에 대해 관조한다. 아시아 영화 중에 이와 비슷한 영화를 하나 꼽으라면 나는 중국 영화 <낙엽귀근>을 들겠다.

<인생은 아름다워>를 보고 있노라면 아, 어떻게 저럴 수 있나, 하는 생각이 연이어 들면서 영화 속 장면 장면에 웃고

울게 되는데, 그만큼 보는 이의 심금을 울리는 작품이다. 울고 싶은 자, 인생이 슬프고 괴로운 자, 하지만 다시 희망을 찾고 싶은 자여, 이 영화를 다시 볼지어다. 명작은 볼 때마다 새롭고 다른 모습을 보여준다. 이미 본 이들이라도 가끔 다시 봐도 좋으리.

Scene 18. 〈내일을 향해 쏴라〉

영원한 낭만과 자유

조지 로이 힐 감독 | 폴 뉴먼, 로버트 레드포드 외 | 1969년

영화음악 듣기를 즐긴다. 음악과 함께 그 영화의 여러 장면이 떠오른다. 어떤 영화들은 줄거리가 전혀 기억이 안 나고 음악만으로 기억되는 경우도 있다. 영화 <내일을 향해 쏴라>도 본 지 너무 오래되어 줄거리는 가물가물하지만, 음악만큼은 압권이다. 빗방울이 내 머리 위로 떨어지네, 첫 소절이 나오자 마자 기분은 경쾌해지고 마음이 멜랑콜리해진다. 그리고 두 연인이 자전거를 타고 즐거워하는 장면이 떠오른다.

제목도 너무 멋지다. 원제는 <비치 캐새디 앤 선댄스 키드>인데, 우리 한국어 제목을 너무 멋있게 잘 뽑은 것 같다. <내일을 향해 쏴라>, 영화의 내용과도 잘 맞고 매력적인 두 주인공의 캐릭터와도 잘 어울리는 멋진 작명이다. 이 영화는 서부 영화이기도 하고, 버디 무비이기도 한데, 어느 시각에서 봐도 참 잘 만든 명작이다. 할리우드의 멋쟁이 폴 뉴먼과 로버트 레드포드의 매력이 눈부시게 반짝이는 영화이기도 하다.

다른 건 차치하고서라도 <내일을 향해 쏴라>에서 인상적인 것은, 설령 그들이 은행을 터는 범죄자였을지라도 그들이 보여주는 낭만적이면서도 거칠 것 없는 용기라고 할까. 뒤틀린 시대에 굴하지 않고 끝까지 반항하고 아무것에도 구속받지 않는 자유를 추구하면서 오늘을 살아내는 인물, 그리하여 그들은 서부의 반항아, 혹은 서부의 마지막 낭만주의자, 정도로 불리는 것 같다.

겹겹이 포위된 마지막 신, 그들은 이제 달아날 곳 없는, 독 안에 든 쥐 신세가 된다. 이른바 중과부적의 상황, 두 주인공들은 쌍권총을 쥐고 문을 박차고 뛰어나온다. 그리고 그대로 프레임 고정되면 엔딩이다. 크, 참으로 인상적인 엔딩 신이었다.

두 전설적 배우들의 넘치는 매력, 감성을 터뜨리는 뮤직, 멋진 제목, 그렇게 영화 <내일을 향해 쏴라>는 멋진 영화로 남아 관객들의 가슴을 흔든다. 감독 조지 로이 힐은 몇 년 뒤 다시 이 두 배우들을 기용해 또 한 편의 멋진 버디 무비를 만든다. 나는 이 둘의 조합이 너무너무 좋다.

Scene 19. 〈보디가드〉

그들의 눈부신 한때

믹 잭슨 감독 | 캐빈 코스트너, 휘트니 휴스턴 외 | 1992년

1990년대 초반, 케빈 코스트너와 휘트니 휴스턴은 정말 최고였다. 케빈은 가장 높은 몸값을 자랑하는 톱배우였고, 휘트니 역시 전 세계가 사랑하는 팝의 디바였다. 그런 둘이 주연을 맡은 영화가 있었으니 바로 1992년도 메가 히트작 <보디가드>다.

극 중 휘트니 휴스턴은 실제 본인의 모습이 그렇듯 최고의 인기 여가수 역을 맡았고, 케빈 코스트너는 전직 대통령 경호원으로 휘트니의 경호원 역을 맡아 열연했다. 여가수 레이첼은 천방지축 자유로운 캐릭터고 경호원 프랭크는 그와 상반되게 과묵하고 무뚝뚝하다. 그런 그들이 잘 맞을 리는 없을 터. 사사건건 티격태격하지만, 그러면서 정은 더 드는 법. 결국 프랭크는 자신의 몸을 날려 레이첼을 향하는 총탄을 막아낸다.

극 중 휘트니 휴스턴이 부른 주제가는 영화 OST 사상 가장 많이 팔린 앨범으로 기록될 만큼 많은 사랑을 받았다. 프랭크가 레이텔을 안아 들고 피하는 장면은 남자가 봐도 너무 멋졌으니 여자들에게는 오죽했으랴. 바로 그때 흘러나오는 천상의 목소리, 크 게임 끝이다.

92년도 작이니 무려 33년이나 지난 영화인데 마치 얼마 전에 본 듯한 느낌이다. 이제 막 스무 살이 되어 대학을 다니던 나는 아마도 당시 만나던 여학생과 같이 영화를 본 것 같다. 캐빈 코스트너가 <늑대와 춤을>과 이 영화 <보디가드>로 90년대 초반 최고의 인기를 구가했던 기억이 난다. 극 중 휘트니 휴스턴의 연기도 어색하지 않고 좋았던 것 같은데, 아무래도 캐빈 코스트너가 잘 받쳐준 덕도 있지 않나 싶다.

당시 스무 살이었던 나도 노래깨나 들었으니, 가수로서의 휘트니 휴스턴도 무척 좋아했다. 엘피판을 여러 장 샀을 만큼. 끝 간 데 없이 올라가는 환상적인 가창력과 특유의 감성을 담아내는 노래들. 지난 2012년 휘트니 휴스턴의 사망 소식을 접했을 때 가슴이 뻥 뚫린 듯 허전하고 아쉬웠다. 두 최고가 만들어 내는 멋진 앙상블, 그리고 아름다운 노래로 오래 기억되는 영화다.

Scene 20. 〈햇빛 쏟아지던 날들〉

소년, 성장, 첫사랑

강문 감독 | 시아위(하우) 외 | 1994년

우리 영화 중에 <말죽거리 잔혹사>를 좋아한다. 그 영화에 대해서는 여러 가지 독법이 가능할 것이나, 그런 저런 의미를 다 젖혀두고 가장 크게 다가오는 것은 역시 지나간 시절에 대한 아련한 향수다. 비록 그 시절이 폭력과 억압, 야만과 비리가 판을 치던 시대였다고 해도 꿈 많던 사춘기 시절은 평생 가장 인상적으로 추억되는 법, 그것은 기억 속에서 항상 어느 정도는 낭만적으로 채색된다. 순수와 열정, 좌절과 답답함이 뒤범벅되어 스무 살을 향하던 시절, 누구나 그 시절을 지나오지 않았던가.

중국 영화 중에도 그런 영화들이 있다. 보고 나서는 지난 그 시절이 아련해지는 그런 영화 말이다. 1994년 작 <햇빛 쏟아지던 날들>도 바로 그런 영화 중 하나다. 중국의 국민 배우 중 한 명인 강문의 감독 데뷔작이기도 한 이 영화는, 영화 속에서 늘 터프하고 투박하게 나오는 그 강문이 만든 거라고는 좀체 믿어지지 않을 만큼, 소년의 성장 과정을 아주 섬세하고 또 촘촘하게 담아낸 영화다. 한편으로는 문화혁명의 상처를 에둘러 표현한 영화기도 하고.

　주인공을 맡아 열연한, 소년 배우 시아위(하우)는 이 영화로 베니스 영화제 남우주연상을 차지했고, 당시로서는 최연소 수상이라는 기록도 세웠다. 그만큼 자연스럽고도 인상적인 연기를 펼쳤다. 94년도 작이지만 한국에선 98년도에 개봉되었다. 나는 대학 후배와 지금은 사라지고 없는 강남의 '동아 극장'에서 이 영화를 봤다. 당시 홍보도 별로 안 됐고 상영관도 별로 없었으며 극장 안 관객도 드문드문했지만, 무척 재밌게 본 기억이 난다.

여름은 영원히 지속될 것만 같았다.
태양은 우리를 따라 다녔고,
뙤약볕은 너무 뜨거워 현기증이 날 지경이었다.
나의 찬란했던 열여섯 시절처럼.

　영화는 마샤오쥔 이라는 16세 소년의 성장 과정을 담는다. 정도의 차이는 있겠지만 누구나 겪게되는 성장통을, 뜨거운 여름을 통과하는 것으로 비유하고 있다. 영화는 문화대혁명을 시대적 배경으로 삼고 있지만 역시나 정면으로 들이대지는 못하고 그것을 우회적으로 비춘다. 어른들이 시골로 하방[1]되어 텅 빈 북경의 공간은 샤오쥔과 같은 어린 아이들에겐 더할 나위 없는 놀이터였다. 군인인 아버지는 거의 매일 집을 비울 만큼 바쁘고, 전직 교사였던 어머니는 노동자로 전락한 후 그로 인한 분노를 터뜨리기 일쑤다. 소년 샤오쥔은 시대의 광기와도 단절되어 있고, 부모의 사랑을 제대로 받지 못한 채, 그렇게 스스로 성장해 간다. 세상을 향해 걸어 들어가는 것, 그것은 결국 혼자서 터득해 가는 것 아니겠는가.

소년의 여름은 두 가지 방향으로 진행된다. 하나는 즉 이성에 눈을 떠가는 것, 우연히 마주친 연상의 소녀 미란에게 미혹되어 그녀를 허둥지둥 따라다닌다. 다른 한편으로는 친구들과 어울리며 끊임없이 남자다움을 확인하려 한다. 그것은 거친 패싸움, 술, 담배, 위험한 행동을 하며 얻는 쾌감 등으로 나타난다. 첫사랑 소녀에게 남자다움을 과시하기 위해 올라가던 굴뚝 높이의 다이빙대에서 과감히 뛰어내리는 것으로 소년은 그의 여름을 서서히 마감한다.

1 중국에서, 당원이나 공무원의 관료화를 방지하기 위하여 이들을 일정한 기간 동안 농촌이나 공장에 보내서 노동에 종사하게 한 운동. 1957년 정풍 운동 때 시작되어 문화대혁명 시기에도 시행되었다.

재밌는 것은, 열 여섯 그들의 여름은 아름답고 찬란하며 생생한 색채로 그려지는 것에 비해 훗날 어른이 된 그들을 비출 때는 흑백으로 처리된다는 점이다. 열여섯 소년의 눈으로 바라본 세상과 그를 성장시키던 그때 그 모든 것들은 이제는 영영 돌아갈 수 없는, "햇빛 쏟아지던 날들"일 것이다.

Scene 21. 〈스카페이스〉

이것이 할리우드 갱스터 무비다

브라이언 드 팔마 감독 | 알파치노 외 | 1983년

인생은 영화처럼, 영화는 인생처럼

배우 알 파치노가 좋다. 그의 뜨겁고 선 굵은 연기는, 누구도 흉내낼 수 없는 그만의 독자적인 브랜드다. 보통 배우 알 파치노 하면 그 유명한 <대부> 시리즈와 젠틀하고 낭만적인 신사로 열연한 <여인의 향기>, 또는, 또 한 명의 명배우와 멋진 연기 앙상블을 이뤘던 <히트>와 같은 영화들을 많이 거론할 것 같은데, 개인적으로 그가 나온 영화 중에서 가장 인상 깊게 본 영화는 1983년 작인 <스카페이스>다.

할리우드의 또 다른 거장인 브라이언 드 팔마가 연출한 이 영화는, 이른바 핏빛으로 물드는, 액션과 폭력의 미학을 보여주고 있다. 폭력이 과연 미학이 될수 있는가,라고 물을 수도 있겠지만, 80, 90년대 홍콩의 오우삼이 보여준 일련의 영화들처럼, 이 영화의 액션은, 그렇다, 아름답다.

알 파치노는 <대부>에서 보여준 침착하면서도 냉혹한 갱스터 연기와는 전혀 다르게, 이 영화 <스카페이스>에서는 다혈질에다가 과도하게 잔인하며 난폭한 갱스터를 연기한다. 그 연기가 무척이나 인상적이었고, 딱 맞는 옷처럼 또 잘 어울렸던 것 같다. 그 과장되고 오버된, 광기 어린 모습은, 한마디로 대단했다.

아메리칸 드림을 꿈꾸던 쿠바 출신의 난민, 그는 타고난 근성과 야심으로 마이애미를 주무르는 거물급 갱스터로 성장한다. 하지만, 최고의 자리에 오르자 마자 다시 내리막, 파멸의 길을 걷는다. 영화는 어둠의 세계에 발을 들인 주인공의 성공과 실패를 따라가는 기본적인 골격을 갖춘 동시에 주인공의 불안하고 병적인 심리에도 초점을 맞추고 있다.

이 영화는 30년대 할리우드 초기 갱스터 영화인 동명의 작품을 리메이크한 영화이며, 실존했던 전설적 갱스터 알 카포네를 모델로 하여 만들어진 이야기라고 한다. 감독 브라이언 드 팔마와 배우 알 파치노는 10년 뒤, <스카페이스>의 속편과도 같은 느낌의 또 다른 갱스터 영화 <칼리토>에서 다시 뭉친다. 이 역시 할리우드 갱스터 무비에서 빠뜨릴 수 없는 영화다.

Scene 22. 〈중경삼림〉

부유하는 홍콩의 청춘

왕가위 감독 | 금성무, 임청하, 양조위 외 | 1994년

나는 대학에서 학생들을 가르치고 있는데, 벌써 강단에 선 지 만 21년이 되었다. 그동안 많은 학생들을 만났고, 가까운 거리에서 청춘들을 늘 만나고 있는 셈이다. 이 글을 쓰고 있는 초여름, 이제 방학이 막 시작되었으니 학생들은 저마다 자신의 계획대로 방학을 보낼 것이다. 그런데 요즘은 워낙 취업이 힘들고 경제가 어렵다 보니 대학생들이라 해도 예전처럼 방학을 여유 있게 즐기기 어렵다. 내가 대학을 다니던 90년대 초만 해도 방학엔 여기저기 놀러 다니기 바빴던 것 같은데 말이다. 젊은 청춘들에게 밝은 희망을 제시해 주지 못하는 사회, 그 사회 속 기성세대의 한 사람으로서 또 미안한 마음도 든다. 그래도 청춘은 청춘이다. 부디 씩씩하고 힘차게 비상해 나가길 기원해 본다.

지금의 대학생들처럼 내가 청춘의 한복판을 보내던 90년대, 홍콩의 왕가위 감독은 몇 편의 영화로 아시아 일대에서 이른바 신드롬을 일으켰다. 그리고 그 중심에 바로 이 영화 <중경삼림>이 있었다.

중국 반환을 코앞에 앞둔 홍콩, 영화는 홍콩 청춘들의 사랑과 방황을 화려하고 감각적인 화면 속에 담아내고 있다. 청춘들의 안타까운 좌절과 절망, 소외와 방황, 외로움 등의 정서가 마치 뮤직비디오 같은 화려하고 감각적인 화면 속에 넘실대고 있었다. 이 <중경삼림>을 기폭제 삼아 왕가위는 아시아뿐 아니라 세계 영화계에 하나의 새로운 좌표를 제시하기 시작했던 것 같다. 주인공들의 부유와 방황은 중국 반환을 앞둔 홍콩의 특수한 배경이 더해져 상당한 설득력을 가졌다.

<중경삼림>은 간단히 말하자면 실연한 두 경찰의 이야기다. 233 금성무와 633 양조위는 각자의 아픔을 이기기 위해 몸부림친다. 금성무는 유통기한이 다 된 과일 통조림을 사 모으고, 연인과 이별한 양조위는 집 안의 인형, 수건, 비누와 대화를 나눈다. 그리고 그들은 임청하와 왕비를 만나 새로운 사랑을 시작한다. 엉뚱한 멜로물로도 물론 볼 수 있지만, <중경삼림>에는 반환을 앞둔 홍콩의 여러 모습들이 비유적으로 투영되어 있는 것이다.

왕가위의 최근 영화도 나쁘진 않지만 초기작 만큼의 울림은 없는 것 같다. 물론 시대는 바뀌었고, 왕가위도 우리도 나이를 먹었다는 이유도 있겠지만 말이다. <중경삼림>을 포함하여 <열혈남아>, <아비정전>, <동사서독>, <타락천사>, <해피투게더>, <화양연화>까지가 아주 좋았다.

Scene 23. 〈라스베가스를 떠나며〉

인생이 통째로 휘청거릴 때

마이크 피기스 감독 | 니콜라스 케이지, 엘리자베스 슈 외 | 1996년

가끔 근황이 궁금해 찾아보게 되는 배우들이 있다. 니콜라스 케이지도 그런 배우 중 한 명이다. 새로 누구와 결혼을 했네, 혹은 이혼을 했네 어쩌구 하는 사적인 소식은 관심이 없다. 언젠가는 또 한국인과 결혼해서 케 서방이니 뭐니 하며 화제가 되기도 했는데 한마디로 그런 사생활은 전혀 관심 없다. 그저 그의 멋진 연기를 다시 좀 보고 싶을 뿐이다.

그러고 보니 니콜라스 케이지의 연기가 요즘 좀 뜸했다. 2000년대 내내 블록버스터 영화의 주인공으로 잘 나가다가 어느 순간부터는 주춤하는 듯하다. 그런데 개인적으로 그의 연기 중 가장 인상적인 것은 블록버스터 속 터프가이나 히어로가 아니라 인생의 여러 단면을 섬세하게 표현해 내는, 평범한 남자의 모습이다.

즉, 나에게 니콜라스의 영화를 들라면 그의 출세작이라 할, 90년대 중반의 영화 <라스베가스를 떠나며>를 제일 먼저 꼽게 된다. 당시 이 영화를 보며 허, 연기 끝내주는 남자 배우 하나 나왔다,라고 생각했었다. 물론 가슴을 뻥 뚫어버리는, 그 헛헛하고 쓸쓸한 스토리도 너무 인상적이었고. 니콜라스의 섬세한 연기, 엘리자베스 슈의 눈부신 미모, 그런 그들의 가슴 아픈 사연, 빼어난 영상미도 너무 인상적이었다. 당시 20대

중반이던 나에게는 이 영화가 멋진데 동시에 너무 아팠다. 한 편으로는 너무 극단적인 게 아닐까 싶었다.

이제 50대 중년이 되어 다시 보니, 그저 모든 게 쓸쓸하고 망연하다. 주인공들이 애처롭고 가엾다. 니콜라스 케이지는 확실히 타고난 배우 같다. 콩 심은 데 콩 나고 팥 심은 데 팥 난다는 말처럼, 영화 명문가의 피가 분명 흐르는 것 같다. <더록>, <콘 에어> 같은 대작도 좋지만, 이런 섬세하고 감성적인 연기, 그가 아니면 누구도 하기 어려운, 그런 모습을 다시 보여주면 좋을 것 같다.

Scene 24. 〈우견아랑〉

내 살아온 날 후회 없으나

두기봉 감독 | 주윤발, 장애가 외 | 1989년

홍콩 영화가 한국에서 한 정점에 있던 1989년 여름, 이색적인 홍콩 영화 한 편이 개봉되어 인기를 끌었다. 바로 두기봉 감독, 주윤발, 장애가 주연의 <우견아랑>이다. 당시는 특히 주윤발의 인기가 하늘을 찌를 때였기에, 이 영화는 그해 홍콩 박스 오피스 1위를 차지했고 한국에서도 크게 화제가 되었다. 총잡이 주윤발이 아닌 자유로운 영혼의 싱글 파파이자 모터 사이클 선수로 나왔는데, 이른바 홍콩판 <챔프>, 혹은 <크레이머 대 크레이머>라는 평을 받으며 많은 이들의 눈물샘을 자극했다.

당시 고등학교 2학년이었던 나는 여름방학 보충 수업을 마치고 친구들과 극장에 가서 이 영화를 보았는데, 윤발이 형이 불쌍해서 가슴이 먹먹했다. 앞쪽에 앉은 여고생들은 아예 눈물바다였다. 나는 개인적으로 이 영화를 통해 주윤발이 연기 폭이 넓은, 1급 배우라는 것을 확인했다. 느와르 속의 총잡이 주윤발도 좋았지만 <우견아랑>에서도 딱 맞는 옷을 입은 듯 자연스러운 연기가 정말 좋았다. 얼마나 좋았던지 이 영화의 브로마이드를 구해 방에 붙여놓았을 정도였다. 가죽 재킷을 입고 야마하 오토바이 위에 앉아 말보로 담배를 물고 있는 그의 모습이 얼마나 멋지던지. 물론 여주인공 장애가의 아름다

움과 지극한 모성애도 잊을 수 없다. 대만의 명배우이자 감독
인 장애가의 섬세한 연기가 돋보였다.

한마디로 <우견아랑>은 주윤발과 장애가의 리즈 시절 영
화고 30여 년 전 정겨운 홍콩의 구석구석을 잘 담아낸 영화
기도 하다. 귀엽고 개구쟁이면서 또한 동시에 아빠에 대한 사
랑을 절절하게 표현한 아들 뽀짜이 역의 아역 배우의 연기도
좋았다. 30여 년이 지났으니 지금은 그도 중년이 되어 있을
것이다. 영화의 광고 카피가 오래도록 기억에 남아있다.

내 살아온 날 후회 없으나,

그대 사랑할 날 짧아라

Scene 25. 〈원초적 본능〉

에로틱 스릴러의 정석

폴 버호벤 감독 | 마이클 더글라스, 샤론 스톤 외 | 1992년

인생은 영화처럼, 영화는 인생처럼

요즘 TV의 영화 채널을 돌리다보면 80, 90년대의 명작 영화들을 자주 만난다. <보디가드>, <연인>, <원초적 본능>, <천장지구> 등등, 요 근래에 TV로 다시 본 영화들이다. 역시 명작의 클래스는 영원한 법, 다시 봐도 감동이고 재미있다. 거기에다가 당시 그 영화를 보던 그 시절의 나와 다시 만나는 경험도 하게 되고, 아무튼 좋다. 영화를 같이 본 사람들, 그즈음 내가 했던 생각들, 상황들, 그런 게 자연스레 떠오른다.

음식에 추억이 어리고, 노래에 추억이 얹히듯 영화에도 추억에 스며들어 자리한다. 굳건히.

1992년도 <원초적 본능>, 한마디로 대단했다. 세계 영화계를 뜨겁게 달군 영화다. 샤론 스톤의 그 아찔한 관능미, 그리고 흥미진진한 내러티브, 마이클 더글라스의 그 날카로운 이미지와 연기까지 모두 인상적이었다. 나이 들어 다시 보니 감독 폴 버호벤의 능숙한 연출이 새롭게 보인다. 하긴 그가 누군가. <토탈 리콜>, <로보캅>, <쇼걸> 등을 만든 거장 아니던가.

샤론 스톤은 이 영화로 세계적 스타로 도약하고 이후 말 그대로 할리우드의 섹스 심볼이 되었지만 지금 다시 보니, 그렇게 대단한 관능미는 아닌 거 같다. 어쨌든 당대로서 대단한 센세이션을 일으켰던 건 분명하다. 샤론이 맡은 역이 워낙 미스터리 하고 개성이 있는 캐릭터였고 샤론 스톤도 아주 자연스럽고 능숙하게 잘 녹아든 것 같다.

많은 이들이 말했듯이 <원초적 본능>은 이후 여자가 주인공이 되는 여러 미스터리 스릴러에 많은 영향을 주었고, 우리 영화 <텔 미 썸띵>도 그런 예인 것 같다. 그리하여 에로틱 스릴러, 아찔한 관능미로 사람들을 무장 해제시키며 사람들을 쥐락펴락하게 만드는 쫀쫀한 에로 스릴러의 대명사가 바로 이 <원초적 본능>인 것이다. 이 정도의 몰입감과 재미, 후끈한 감정을 담은 영화, 이후에도 찾기 어렵다.

Scene 26. 〈접속〉

서울, 도시 청춘들

장윤현 감독 | 한석규, 전도연 외 | 1997년

어떤 영화들은 그게 엄청 재미있거나 작품적으로 뛰어나서 가 아니라 그냥 나도 모르게 감정이입되어 좋아하게 되는 경우가 있다. 마치 내 애기 같고, 내 또래 스토리 같고 그리하여 우리 시대의 풍속화를 그린 것 같은 영화들 그런 영화들이 있다. 한석규, 전도연 주연의 <접속>도 딱 그런 영화인 것 같다.

1997년, 군대 다녀와서 복학해서 열심히 학교 다닐 때였다. 영어 공부다 뭐다 하며 취업도 준비해야 했다. 듣도 보도 못했던 IMF가 터지기 바로 직전, 도시를 배경으로 한 세련되고 깔끔한 영화 한 편이 큰 인기를 끌었으니 바로바로 한석규, 전도연 주연의 <접속>이었다. 당시 유행하던 피씨 통신을 소재로 도시 남녀의 생활과 연애를 잘 버무린 영화였다.

마치 윤대녕 소설의 남녀 주인공처럼 쿨한 듯 외로운 사람들, 도시의 익명성, 차가움, 소통과 단절, 외로움, 그리고 감성적인 팝송들. 영화는 세련된 도시 감성을 잘 표현하며 젊은 층들의 지지를 받았다.

한석규는 지적이고 도회적인 남자 연기자로 제격이었고 전도연은 감성적이고 사랑스러운 여자 주인공 역을 잘 소화했다. 신촌으로, 충무로로, 시청으로 학교, 학원 등을 오가며

학교 공부와 취업 준비를 하던 그해 가을, <접속>의 OST가
곳곳에서 울려 펴졌던 것이 생각난다. 몸도 마음도 바쁜 시절
이었지만 그 노래는 잠깐씩 그 시간들을 조금은 낭만적으로
채색해 주지 않았나 싶다. 그래서 언제든 우연히 <접속>을 접
하게 되면 나의 그 시절이, 20대 중, 후반의 대학 시절이 자연
스레 떠오른다. 이젠 시간이 너무 많이 흘러 가물가물하지만
그래도 부분부분 즐겁고 좋았던 일들이 많이 떠오른다.

전쟁이란 무엇인가

스티븐 스필버그 감독 | 톰 행크스 외 | 1998년

21세기, 첨단의 과학 문명, 우아하고 고급한 문화를 이야기하는 지금, 하지만, 겉면의 얄팍한 포장지를 하나만 들춰보면, 거기엔 폭력과 야만, 이기와 욕망 같은, 차마 마주하고 싶지 않은 온갖 것들이 가득 차 넘치고 있다. 지금도 세계 곳곳은 전쟁과 기아, 폭력과 기후 변화에 신음하고 있으며 너무나 잔혹하고 비참한 현실이 이어지고 있다.

90년대 후반 전쟁 영화의 명작 <라이언 일병 구하기>를 한번 다루고자 한다. 1998년 발표되었고 스필버그에게 2번째 아카데미 상을 안겨준 영화다. 무엇보다 실감 나는 전쟁 신으로, 마치 전쟁터 한복판에 있는 듯한 현장감을 준, 요컨대 전쟁 영화의 한 획을 그은 명작이라고 할 수 있겠다. 그리하여 현대 전쟁을 다룬 영화 하면, 가장 먼저 이 영화 <라이언 일병 구하기>가 떠오른다. 더불어 영화가 전하는 메시지도 묵직하게 다가오면서.

생생하고 현란한 핸드헬드 기법, 치밀한 고증, 그리고 귀를 찢는 듯한 현장음 등등. <라이언 일병 구하기>는 그야말로 전쟁 영화의 새로운 장을 쓴, 혁명적 기술력을 선보였다. 하지만, 이 영화가 그런 기술적인 부분을 넘어 지금까지 많은 이들에게 인상적으로 기억되는 더 큰 요인은 아마도, 전쟁을 단순히 선악의 논리로 다루지 않고, 끊임없이 질문을 던졌다는 점일 것이다.

영화는 묻는다. 전쟁이란 무엇인가, 이긴다는 것은 무슨 의미인가. 정의란 과연 무엇인가. 영웅이란 누구인가. 우리는 뭘 어떻게 해야 하는가. 좀 더 본질적으로 인간이란 무엇인가. 등등 질문은 꼬리에 꼬리를 문다. 아이들이 바라보는 동화 속 세상을 자주 스크린에 투영시켰던 스필버그가, 이 영화 속에서는 관객들을 참혹한 전쟁의 한복판으로 끌고 들어가 묵직한 질문들을 던지고 있는 것이다.

Scene 28. 〈가을날의 동화〉

아시아 멜로 영화의 정점

장완정 감독 | 주윤발, 종초홍 외 | 1987년

1987년, 홍콩 영화의 인기가 정점을 찍던 그 시절, 홍콩에서 빼어난 멜로 영화 한 편이 선을 보였으니, 바로 주윤발, 종초홍 주연의 <가을날의 동화>다. 물론 주윤발, 종초홍 모두 전성기를 보내던 시절이다. 영화는 그런 일급 배우들의 열연이 어떤 것인지를 여실히 보여주는 작품이고, 동시에 홍콩 멜로의 저력을 입증하는 작품이기도 하다.

<가을날의 동화>가 건네주는 감동은 시간이 흘러도 빛이 바래지 않는 긴 여운으로 남는다. 뉴욕 올 로케이션이 아깝지 않은, 두고두고 생각나는 홍콩 멜로의 수작이다. 감독 장완정은 허안화와 함께 홍콩의 대표 여류 감독으로 꼽히고, 이 영화 외에도 <송가황조>, <유리의 성> 등 우리에게도 잘 알려진 영화를 여러 편 연출했으며, 섬세한 감성을 잘 녹여내는 멜로 영화에 강한 감독이다.

주윤발, 그가 인상적인 모습을 보여준 영화를 생각해 보면, 그는 늘 세상에 이리저리 치이는 루저의 모습으로 먼저 기억된다. 세상의 변화에 적응하지 못하고 이리저리 헤매는 모습들. 그런 인상 때문일까? 그가 아니면 표현해 낼 수 없는 강렬한 카리스마로 스크린을 완전히 장악하는 순간에도, 그에게

는 왠지 모를 쓸쓸함과 고독감이 늘 어려있다.

착실히 모은 돈을 들고 뉴욕행 비행기에 오르는 종초홍, 그녀가 뉴욕으로 떠나는 표면적 이유는 유학이지만, 진짜 이유는 남자친구를 만나기 위해서다. 그녀는 유학 생활 동안 미국에서 성공했다고 들은 먼 친척뻘 주윤발의 도움을 받기로 했다. 그러나 그녀를 마중 나온 주윤발은 꺼벙하고 부스스한 차림새에 차는 고물 차, 이어서 안내된 집은 심지어 뉴욕의 뒷골목이다. 한순간에 환상은 깨지지만, 어려운 유학생 신분으로서 달리 갈 곳이 없는 그녀의 뉴욕 생활은 그렇게 시작된다. 종초홍이 남자친구를 만나러 가는 날, 주윤발은 그녀를 귀찮아하면서도 목적지까지 데려다준다. 그러나 그토록 그리던 남자친구에겐 다른 애인이 있었고, 종초홍은 상처받고 고통스러워한다. 주윤발은 그런 그녀를 안쓰럽게 바라본다.

이제 서서히 그들의 이야기가 시작된다. 무엇보다 엔딩 신이 무척 인상적이다. 다시 많은 시간이 흐르고 각자의 삶을 이어간 두 사람, 종초은 예전 주윤발과 거닐던 바닷가를 찾아가고, 자신이 말한 대로 바닷가 레스토랑 사장이 된 주윤발이 활짝 웃으며 그녀를 맞이한다.

여성 감독 장완정의 섬세한 연출과 주윤발의 빼어난 연기력, 그리고 많은 남자의 로망이던 빛나는 종초홍의 사랑스런 모습, 그들이 함께한 뉴욕은 퍽이나 낭만적으로 느껴진다. 그 흔한 키스신이나, 사랑한다는 대사 한마디 없지만 영화는 수준 높은 멜로 영화로 완성되었다.

삶이 팍팍하다고 느껴지는 날, 쓸쓸한 날, 이 영화를 다시 보시라. 단언컨대 다시 가슴이 따뜻해질 것이다.

Scene 29. ⟨고래사냥⟩

엉뚱해도 괜찮아

배창호 감독 | 안성기, 이미숙, 김수철 외 | 1984년

80년대에 10대를 보낸 나에게 기억나는 한국 영화는 그리 많지 않다. 사실 80년대 한국 영화는 방화라고 불리며 그리 인기를 끌지도 못했고, 수준 높은 작품도 많다고 할 수 없다. 소위 3S 정책이니 뭐니 해서 그저 그런 에로 영화들이 많았고 시대가 시대니 만큼 창작의 자유도 많이 제한되던 시절이었다. 물론 그렇다 해도 주목할 만한 작품들이 없었던 것은 아니다. 수작들은 끊이지 않고 맥을 이어나갔다.

80년대 초 중반 극장에 가서 본 한국 영화라면, 배창호 감독의 <고래사냥>, <고래사냥 2>에 대한 인상이 좀 남아있다. 1편은 안성기, 김수철, 이미숙의 조화가 좋았고 2편은 새로 가세한 강수연과 손창민의 풋풋한 연기가 좋았다. 엉뚱, 발랄, 유쾌한 세 청춘들의 이야기가.

두 영화가 개봉된 건 내가 각각 초등 고학년, 그리고 중학생 때인데 자세한 상황은 기억이 안나지만 어찌저찌해서 극장에 가서 본 기억이 희미하게 난다. 80년대는 안성기의 시대였고, 이미숙은 기가 막히게 예뻤으며 가수 김수철이 배우로도 활동하던 시기이기도 했다. 그는 약간 꺼벙하면서도 독특한 매력으로 대중들에게 어필했던 것 같다. 2편에 나온, 손창민과 강수연은 80년대의 대표적인 하이틴 스타였다. 연기도 물론 나쁘지 않았다.

사실 내용은 별거 없다. 소심한 남자 주인공 병태가 사랑에 실패, 쓴맛을 보고 그 좌절감에 허우적대다가 자유분방하게 사는 안성기를 만나 그와 어울리다가 어려움에 처한 여자를 만나 그녀를 도우면서 벌어지는 좌충우돌의 스토리다.

대신 영화의 제목인 <고래사냥>이라는 단어가 주는 독특한 느낌이 있다. 가령 "자, 떠나자 동해바다로 신화처럼 숨을 쉬는 고래 잡으러"라고 하는 노래 가사가 있는 것처럼 고래가 상징하고, 또 고래, 하면 연상되는 어떤 것들이, 불안하지만 뜨거운 청춘과 잘 어울리는 것 같다.

안성기는 수십년 간 많은 다양한 배역을 소화하며 많은 사랑을 받았는데 나는 <고래사냥> 에 나오는 코믹하고, 자유분방한 안성기의 모습이 참 좋았다. 또한, 예의 그 꺼벙하면서 수줍은 듯, 보호 본능을 유발하는 김수철의 자연스러운 모습도 좋았다. 그러고 보니, <못다 핀 꽃 한 송이>, <내일>, <나도야 간다> 등을 빅 히트시킨 김수철 또한 80년대 청춘의 한 아이콘이었던 것 같다. 아무튼 80년대 한국 청춘 영화를 논한다면 그 한자리에 이 영화 <고래사냥>이 꼭 끼어야 할 것이다. 엉뚱, 발랄, 유쾌한 세 청춘들의 좌충우돌 고래 잡으러 떠나는 이야기가! 어느 세대건 청춘에게는 이런 엉뚱발랄함, 대책 없는 낭만이 좀 있어야 하지 않을까.

Scene 30. 〈그린 파파야 향기〉

베트남을 느끼다

트란 안 훙 감독 | 트란 누 엔 케 외 | 1994년

같은 아시아인으로서 우리는 베트남에 대해 얼마나 알고 있나. 대부분 그저 몇몇 단편적인 사실만을 알거나, 혹은 베트남전을 다룬 여러 영화들을 통해 그저 어렴풋이 이해하는 정도일 것이다. 나 역시 크게 다르지 않았다.

그래도 20대 시절에는 『황색인』, 『무기의 그늘』, 『머나먼 쏭바강』, 『하얀 전쟁』 같은 베트남전 관련 소설들을 찾아 열심히 읽어봤으나 그렇다고 베트남에 대해 많이 알게 됐다고 할 수도 없다.

세월이 흐름에 따라 베트남전에 대한 이야기들도 점점 잊혀 가고, 최근 우리에게 베트남은 중국에 이어 빠르게 성장하고 있는, 중국 다음으로 급부상하고 있는 투자, 교역국으로서의 의미가 크게 다가오는 것 같다. 또는 하노이, 호치민, 하롱베이는 물론 다낭 같은 곳이 매력적인 휴양지로 주목받는 것 같다. 황석영의 소설 『무기의 그늘』에서 묘사된 다낭은 피로 얼룩진, 치열한 격전지인데, 30여 년 후의 외국인들에겐 파라다이스 같은, 멋진 휴양지로 이름을 얻고 있는 셈이다.

<플래툰>, <지옥의 묵시록>, <디어 헌터>, <풀메탈 자켓>, <굿모닝 베트남> 등등 할리우드에서 만든 여러 전쟁 영화

들은 어쩔 수 없이 미국인의 시각으로 보는 베트남이다. 앞선 소설들을 포함하여 <하얀전쟁>, <알 포인트> 등등의 한국 영화도 같은 아시아인이기는 하지만 그 역시 외국인의 시각에서 바라본 영화들이다.

베트남인 자신들이 바라본 그들의 과거와 현재, 그리고 세상을 담은 영화들로는 어떤 것이 있나. 아마도 <그린 파파야 향기>를 첫손에 꼽을 수 있을 것 같다. 베트남 영화로 전 세계적인 주목을 받기는 그 영화가 처음 아니었을까.

고요하고, 정갈하며 섬세한 영화, 나는 <그린 파파야 향기>를 이렇게 기억한다. 오, 베트남이 이렇게 멋진 곳이었나 싶게 아름다운 영상이 인상적이고, 어떤 자극적이거나 특별한 에피소드 없이 그저 조용하고 단아하게 이야기가 흘러가는데도 딱 꼬집어 말하기 어려운, 울림과 감동이 있다. 알싸한 어떤 느낌이, 마치 그린 파파야 향기,라는 제목처럼 오랫동안 맴도는 영화다.

리안의 <음식남녀>가 그렇듯 <그린 파파야 향기>도 요리하는 장면이 많은데, 베트남의 여러 음식들이 맛깔스럽게 보여져 한번 먹어보고 싶게 만드는 영화이기도 하다. 감독 트란

안 훙은 이 영화 <그린 파파야 향기>에 이어 또 한 편의 수작 <씨클로>라는 영화로 베트남 영화의 조용히 강한 힘을 보여 주었다.

Scene 31. 〈베어〉

순수가 주는 감동

장 자크 아노 감독 | 잭 웰레스 외 | 1988년

9살 어린 아들을 키우다 보니 만화나 어린이 프로그램을 많이 보게 된다. 순수한 동심의 세계, 아들과 그것을 보고 있으면 가끔은 나도 그 시절로 돌아가고 싶다. 어린이 프로에는 역시 여러 동물들이 많이 나온다. 그리고 동물들을 귀엽게 캐릭터화 한 주인공들도 참 많다. 그런 캐릭터들을 보고 있자니 예전에 재밌게 본 영화 한 편이 떠올랐다. 바로 장 자크 아노 감독의 1988년 작품 <베어>라는 영화다. 허, 이거 어떻게 찍었을까 싶게 영화를 보는 내내 신기했고 재미와 감동이 있었다. 영화를 보며 연신 감탄을 했던 기억이 난다. 그때가 80년대 후반이니 내가 고등학교 때였다.

사실 그때까지만 해도 동물이 나오는 영상이라면 주로 약육강식의 이야기를 다루는 동물의 왕국이나 내셔널 지오그래픽 같은 해외 다큐를 생각했는데 이 영화 <베어>는 달랐다. 부족함 없는 영화였고 마치 한 편의 성장 드라마처럼 보였다. 요컨대 자연스러운 감동과 재미, 그리고 생각할 거리를 던지는 좋은 영화다. 동물이 주인공으로 나오는 영화, 하면 가장 먼저 떠오르는 영화가 나에겐 바로 <베어>다.

사람들에게 곰은 다양한 이미지로 다가온다. 가령 귀엽고

사랑스러운, 나아가 푸근하고 듬직한 이미지가 있고, 또 한편
으로는 무시무시한 힘과 무서움으로 다가오기도 한다. 또는
흔히 둔하고 무식한 이미지도 갖고 있다. 그런데 영화 <베어>
를 보면 곰이 무척 똑똑하고, 또한 인간과 깊은 교감을 할 줄
아는 사려 깊은 동물이라는 생각이 든다.

감독 장 자크 아노는 이 영화 이후에도 호랑이 형제의 이
야기인 <투 브라더스>와 중국 내몽고를 배경으로 늑대와 인
간의 이야기를 담은 <울프 토템>이라는 작품을 만들었다. 자
연과 인간, 문명을 배경으로 두르고 동물과 인간의 교감과 그
안에서 발견되는 지혜와 교훈을 자연스럽게 녹여내는 데 뛰
어난 재능을 보이는 것 같다.

어린 시절 누구나 한번 쯤 읽게 되는 책 『시튼 동물기』에
는 적잖은 감동이 있다. <베어>는 나에게 그 책을 떠올리게
하는 영화이기도 하다.

Scene 32. 〈더 록〉

이것이 응단폭격이다!

마이클 베이 감독 | 숀 코네리, 니콜라스 케이지 외 | 1996년

인생은 영화처럼, 영화는 인생처럼

제리 브룩하이머, 마이클 베이. 한때 할리우드 최고의 드림 팀 중 하나였다. 그들은 20년 넘게 제작자와 감독으로 콤비를 이루며 세계 극장가에 융단폭격을 가했다. 지금은 물론 예전 만큼의 약발은 아닌 것 같지만 90년대 후반에서 2000년대까지 그들의 합작은 대단했다. 특히 그중에서 96년 작 <더 록>은 두고두고 기억에 남는다.

숀 코네리, 니콜라스 케이지, 그리고 애드 해리스. 이 쟁쟁한 세 배우는 다시 만나기 어려운 조합이고 스토리도 흥미진진했다. 애드 해리스의 막강 카리스마가 인상적이었다. 조국에 팽당한 군인의 분노, 자신들의 요구를 당당하게 밀어붙이며 끝까지 타협하거나 굽히지 않는 비장함. 애드 해리스가 분한 해병대 장군과 그의 부하들은 나름의 논리를 가지고 있다. 그래서 그런지 전형적인 악당, 이라는 이미지가 강하지 않다.

한편 그들의 행동을 저지하러 떠나는 특공대로 바로 숀 코네리와 니콜라스 케이지가 뽑힌다. 노련한 숀과 풋내기 니콜라스의 조화가 재밌었다. 가령 숀이 30년간 못 본 딸을 만나러 가는 장면 등에서 그들의 티키타카가 돋보인다. 애드 해리스가 80여 명의 인질을 잡고 보상을 요구하고 있는 곳은 더 록이라고 불리는 난공불락의 섬. 자, 그들과 한판 붙으러 주인공들은 헬리콥터로 하늘을 날고 또 바닷속으로 뛰어든다.

30년 전 재밌게 본 영화를 엊그제 다시 텔레비전에서 보았다. 그때만큼의 스릴과 재미는 아니지만 아, 맞다, 저런 장면이 있었지, 하면서 옛 기억을 되새기면서 보았다. 지금 다시 봐도 특수 효과나 스펙터클이 손색이 없고 감동과 재미, 사회 비판까지 적절한 균형을 갖추고 있는 영화다.

Scene 33. 〈아름다운 엄마〉

엄마, 세상에서 가장 아름다운 이름

손주 감독 | 공리 외 | 1999년

중국이 배출한 세계적인 배우들이 여럿이다. 여배우들도 쟁쟁한 이들이 많은데, 개인적으로 한 명을 꼽으라면 공리를 첫손가락에 꼽겠다. 화려하고 고혹적인 팜프 파탈부터 순박하고 순진무구한 시골 아낙까지 엄청난 스펙트럼과 깊이를 가진, 말 그대로 보석 같은 배우가 공리다.

이제 공리는 60대, 더욱 깊어지고 그윽해지고 있다. 최근에는 자기를 발굴한 장예모 감독과 다시 합작한 <5일의 마중(귀래)>이라는 작품으로 다시 한번 진가를 발휘한 바 있다. 공리가 나오는 여러 영화들을 좋아하는데 오늘은 그중 한국에는 별로 알려지지 않은 99년 작 <아름다운 엄마(표량마마)>에 대해 잠깐 언급해 보겠다. 영화를 보고 눈물을 훔친 기억이 난다.

여기 한 여인이 있다. 홀로 어린 아들을 키우는데, 그 아들은 농아다. 한 국영기업에서 힘든 노동으로 생활을 이어가는 그녀는 언제나 더없는 사랑으로 아들을 위해 최선을 다한다. 그녀는 자신이 할 수 있는 최선을 다해 아들에게 한 글자 한 글자를 가르치고 정확한 발음을 할 수 있도록 여러 방법을 동원한다.

엄마의 정성스러운 보살핌 속에 아들은 어느덧 초등학교 입학을 앞두게 되었다. 엄마는 아들을 농아학교가 아닌 일반 학교에 보내고 싶어 하지만, 학교 교장은 아무래도 어렵겠다고 말한다. 엄마는 아들이 단지 발음이 부정확할 뿐 다른 건 모두 정상이고 영리하다며 입학을 간청한다. 하지만 결과는 불합격. 통보를 받은 엄마는 속상하다. 언제 학교에 가냐는 천진난만한 아들의 물음에 가슴이 미어진다. 어느 날 아들은 자신을 놀리는 또래의 아이들과 싸우다 보청기 하나를 박살 낸다. 턱없이 비싼 보청기를 바로 사줄 형편이 못 되는 엄마, 가슴이 또 멘다. 택시 기사로 근근이 사는 이혼한 전 남편도 도움을 주지 못한다. 점점 청력을 잃어가는 아들을 안타깝게 바라보던 엄마는 모든 시간을 아들에게 할애하기로 마음먹고 다니던 직장을 그만둔다. 그리고 신문 배달, 시간제 파출부 등을 하며 항상 아들과 함께 한다. 아들을 위해 어떤 고난도 감수하리라는 엄마의 의지는 그러나 험난한 풍파 속에서 그리 쉽지 않다.

때로 어이없는 멸시와 무시를 받을 때면 하염없는 눈물이 흐른다. 설상가상 가끔씩 아들을 보러오던 전 남편이 사고로 세상을 뜬다. 철없는 아이들은 온갖 트집을 잡으며 아들을 괴롭히고 어린 아들은 이래저래 마음의 상처를 받는다. 다행히 그들 모자에게 연민을 느낀 한 선생님이 아들에게 그림을 가르쳐 주고 용기를 준다. 추운 겨울이 지나고 다시 봄이 되고 그동안 어렵게 모은 돈으로 아들에게 새로운 보청기를 사주는 엄마, 다시 아들을 데리고 입학시험장으로 향한다. 또 거절당할까 무서워하는 아들에게 엄마는 따뜻하게 말한다.

걱정하지 마, 아들.
이번에 안 되면 내년에 다시 오고,
내년에 안 되면 후년에 다시 오면 되지.

엄마를 향해 손을 흔들며 교실로 들어가는, 환하게 웃는 아들의 얼굴과 함께 영화는 끝을 맺는다. 새삼 어머니의 사랑에 대해 진한 감동을 느꼈다. 어머니는 세상에서 가장 강하고 위대하다고 했던가. 자식이 '보편성'의 범주에서 벗어났다는 이유로 세상에 섞이지 못할 때, 부모의 마음은 어떠하겠는가. 그런 자식에게 해주고 싶은 것을 제대로 못 해주는 그 마음은 또 어떨 것인가. 영화를 보는 내내 연민과 감동으로 가슴이 뭉클했다.

세계적 배우라는 수식에 걸맞게 공리는 억세고 강하지만 수시로 밀려드는 슬픔을 이겨내려 애쓰는 엄마의 내면을 빼어나게 연기했고, 순진하면서도 총명한, 그러나 동시에 아픔을 간직한 소년의 연기를 한 아역 배우 고신의 연기도 훌륭했다. 가슴 뭉클하다. 부디 건강하고 훌륭하게 성장해 주기를.

Scene 34. 〈히트〉

고수는 고수를 알아본다

마이클 만 감독 | 로버트 드 니로, 알 파치노, 발 킬머 외 | 1995년

인생은 영화처럼, 영화는 인생처럼

알 파치노와 로버트 드 니로, 말이 필요 없는 할리우드 최고의 배우들이다. 수십 년간 수많은 영화 속에서 대단한 연기 내공을 보여주었다. 그 유명한 <대부> 시리즈와 <스카페이스>, <칼리토> 등의 범죄 느와르의 최강자 알 파치노, <택시 드라이버>, <비열한 거리>, <성난 황소>부터 <대부>, <좋은 친구들>, <디어헌터>, <미션>, <미트 페어런츠> 등등 엄청난 연기폭과 메소드 연기로 최고의 연기파 자리에 오른 로버트 드 니로, 그런 그들이 강 대 강으로 격돌한 영화가 있다. 바로 1995년 작 마이클 만 감독의 <히트>다. 몇년 전에 다시 재개봉된 걸로 아는데, 그만큼 영화가 갖는 무게와 상징성이 대단하다. 다시는 이 두 명배우가 한 영화에서 이토록 정면 격돌하는 영화는 없을 터이다.

처음에는 역할이 뒤바뀐 줄 알았다. 그런데 예상을 깨고 알 파치노가 갱이 아니라 강력계 형사로, 드 니로가 신출귀몰한 범죄 조직의 두목으로 나온다. 자, 고수는 고수를 알아보는 법, 둘은 쫓고 쫓기는 추격 속에서도 서로가 대단한 고수임을 인정한다.

대낮에 펼쳐지는 대규모 길거리 총격전은 이전의 영화에선 볼 수 없는 생생한 스펙터클과 긴장감을 전해주었다. 드

니로의 부하, 발 킬머의 쿨한 매력도 기억에 남는다. 사실 발 킬머도 한 카리스마 하는 톱배우인데 주인공 둘이 워낙 강력하니, 그냥 조카 정도로 느껴진다. 1995년 개봉 당시 극장에서 혼자 본 영화고 끝나고 나서 호, 역시 대단하다,라고 중얼거린 영화였던 것 같다. 영화가 끝난 후 공중전화 박스에 들어가 친구에게 전화를 걸어 대단한 영화 하나 나왔다고 관람을 권한 기억도 난다.

최근 CG로 뒤범벅된 영화들과는 결이 다르다. 톰 크루즈의 <미션 임파서블> 시리즈가 그나마 다른 영화들과는 다르게 그래픽을 최소화하고 몸과 몸이 부딪치는 땀내 나는 액션으로 관객들에게 크게 어필한 바 있는데, <히트>의 장점도 같은 맥락에 있다. 그리고 이 엄청난 내공의 두 대배우를 한 화면에서 볼 수 있다는 것, 그 사실만으로도 대단한 영화다. 다만 가는 세월이 가장 아쉬운 법, 이 대배우들도 이제 인생의 말년에 접어들었다. 그러나 누가 뭐래도 인생은 짧고 예술은 길다. 많은 명작 속에서 그들의 다양한 모습들을 만날 수 있다. 세기의 미남 알랭 들롱의 출세작 <태양은 가득히>를 우연히 다시 보게 됐는데 그때도 비슷한 느낌을 받았다. 그 눈부셨던 미모, 그리고 그의 쓸쓸한 말년 소식.

자, 이 대책 없는 폭염, 대배우들의 시원한 액션 폭격, <히트>를 보며 달래봐도 좋을 것 같다.

Scene 35. 〈닥터 지바고〉

격동의 시대, 사랑과 낭만

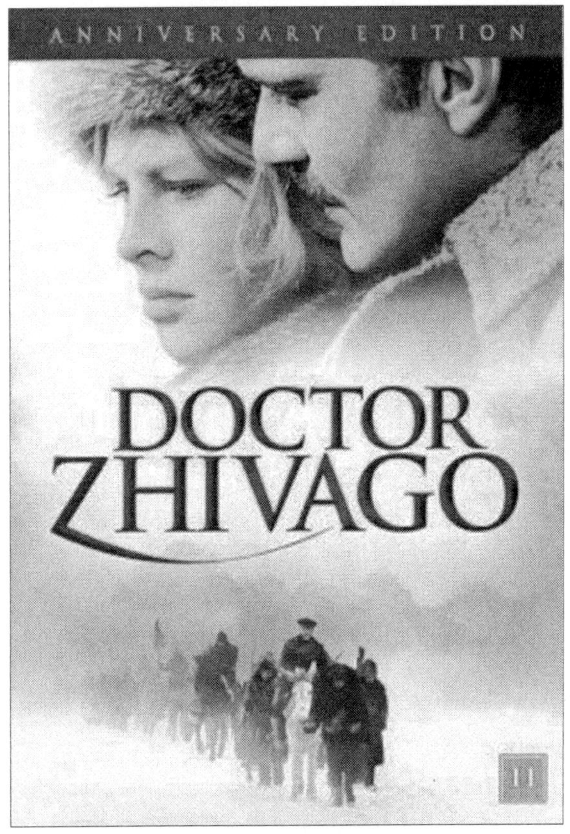

데이비드 린 감독 | 오마 샤리프, 줄리 크리스티 외 | 1965년

올 여름 어지간히 덥다. 더워서 여름이라지만 참 사람들 많이 괴롭힌다 싶다. 자, 이렇게 더위가 기승을 부리면 자연스레 겨울이 생각나고 또 그리워(?)지는데, 겨울, 하면 떠오르는 영화가 무얼까 생각해 보았다. 많은 영화들이 있을 텐데, 오늘은 이 영화 <닥터 지바고>가 떠올랐다.

영화는 무려 1965년 작, 내가 태어나기도 전이니 극장에 갔을 리가 없고, 아마도 80년대 중반쯤 텔레비전을 통해 처음 보았던 것 같다. 초등학교 고학년 때쯤이었을 것이다. 러시아 대격변기를 배경으로 얽히고설키는 인간들의 이야기, 혹은 러브 스토리. 말 그대로 강물처럼 흐르는 대서사시를 담은 영화다.

동명의 유명 소설을 원작으로 하는 작품이다. 많은 이들에게 무엇보다 먼저, 즉각적으로 떠오르는 아름다운 음악, 라라의 테마가 인상적으로 기억되는 영화이기도 하다. 그리고 눈 덮인 설원, 그 눈 속을 헤치며 달리는 기차의 모습이 인상적으로 떠오른다.

역사의 수레바퀴, 그 수레바퀴 아래에 있는 개인들, 그들의 영광과 좌절, 고난과 상처, 그리고 그럼에도 다시 지속되는 인생 이야기, 영화 <닥터 지바고>가 명작으로 기억되는 건, 그 상관관계를 설득력 있게 전개시켰다는 점일 것이고 아름다운 영상미, 그리고 더욱 아름다운 음악으로 관객의 가슴을 녹여 냈기 때문일 것이다.

더위에 지친 날, 영화 <닥터 지바고>의 아름다운 음악 <라라의 테마>를 들어보면 어떨까.

Scene 36. 〈키즈 리턴〉

외로운 청춘들에게

기타노 다케시 감독 | 안도 마사노부 외 | 1996년

인생을 종종 계절에 빗댄다. 그렇다면 여름은 누가 뭐래도 청춘의 계절이다. 그래서 청춘은 곧잘 여름에 비유되곤 한다. 강렬함, 뜨거움, 꼭 한차례 겪어야 하는 열병 등등 청춘과 여름은 여러모로 닮았다. 청춘을 다룬 영화들은 언제 어디서나 있어왔고, 종종 강한 울림으로 관객들을 매혹시킨다.

90년대 후반, 일본 대중문화가 개방되면서 여러 일본 영화들이 한국 관객들을 찾아오던 그 시절, 일본 영화의 한 축으로 기타노 다케시의 영화들이 있었다. 배우로, 또 감독으로. 그중 인상 깊게 본 영화 중 하나가 그가 감독한 <키즈 리턴>이었다. 깜짝 놀랐다. 호, 그 터프하고 건조한 기타노가 이런 영화를 연출하다니.

우리 영화로 치자면 <말죽거리 잔혹사>나 <태양은 없다>가 생각나기도 하는 영화다. 무료하고 답답한 십대 시절, 특별한 꿈도, 하고 싶은 것도 없이, 남아도는 시간을 건들대며 보내던 그 시절, 빨리 어른이 되고 싶은 두 소년, 하지만 오래지 않아 현실의 쓴맛을 톡톡히 맛보게 되고, 세상은 내 맘 같지 않다는 걸 몸으로 체득하게 된다.

세상을 향해 높이 비상하고픈 두 청춘은 날개가 꺾여 헐떡거린다. 한 친구가 묻는다. 우리는 이제 끝난 걸까?

마지막의 이 대사는 그래도 조그만 위로가 되어 반짝인다. 문득 궁금해진다. 그들은 지금 어디에서 어떤 모습으로 살고 있을까.

Scene 37. 〈폭풍 속으로〉

극강의 익스트림 무비

캐서린 비글로우 감독 | 패트릭 스웨이지, 키아누 리브스 외 | 1991년

1990년대 초, 한 편의 낯선 액션 영화가 20대 초반의 나를 강하게 자극했다. 그 영화는 바로바로 <폭풍 속으로>라는 영화다. 요즘처럼 무더운 날씨엔 이런 영화가 제격이다. 파도를 가로지르고 하늘을 나는 소위 극강의 익스트림 무비라고 할까.

거칠고 드센 파도를 타고 질주하는 서핑과 아드레날린 뿜 뿜 뿜어주는 아찔한 스카이다이빙이 정신없이 펼쳐지는 가운데 뜨거운 젊음과 자유를 구가하는 청춘들, 한창 때의 패트릭 스웨이지와 키아누 리브스의 멋진 연기. 그렇게 영화는 빠르고 힘 있는 액션과 둘 간의 묘한 브로맨스를 뿜내며 특히나 젊은 관객들을 사로잡았던 것 같다.

나중에 알고 보니 제작자는 바로 제임스 카메론이고 감독은 그의 부인이었던 캐서린 비글로우다. 즉 태생부터 뻔한 액션 영화가 아니었단 말씀되겠다. 우스꽝스러운 가면을 뒤집어쓰고 마치 놀이를 하듯 완벽하게 은행을 터는 첫 장면부터 인상적인데, 패트릭 스웨이지의 매력을 완벽하게 터트리는 묵직한 카리스마가 초반부터 화면을 장악한다. 당시 막 라이징하는 신성이던 키아누 리브스는 극강의 비주얼을 자랑하면서 패트릭에 크게 밀리지 않는 연기를 보여주었다.

이 영화는 스토리 자체가 그리 중요하진 않다. 서사보다는 남자들의 뜨거운 우정과 교감을 박진감 넘치게 담아내고 있다는 점이 포인트라 하겠다. 선과 악, 혹은 권선징악 같은 뻔한 구조는 애초부터 관심 밖이었다고 할 수 있을 것이다. 지금이야 어마어마한 특수 효과들로 무장한 익스트림 무비가 쌔고 쌨지만 1991년, <폭풍 속으로>가 보여준 신선함과 강렬함은 대단했다. 영화는 단순한 액션 영화에 그치지 않는다. 빼어난 범죄 오락 영화이자, 강렬한 청춘 영화로도 읽힐 수 있을 것 같다. 참고로 이 <폭풍 속으로>도 몇년 전 리메이크 된 바 있는데, 한마디로 원작의 근처에도 가지 못한 듯 하다. 아무리 기술과 효과로 밀어붙여도 원작의 클래스를 따라가지 못한다고 봐야 한다. 패트릭과 키아누, 어쩔 것인가. <영웅본색>이 그러하듯, 전설은 그냥 전설로 두어야 맞는 것 같다.

Scene 38. 〈그랑 블루〉

한없이 푸른

뤽 베송 감독 | 장 르노 외 | 1988년

프랑스 출신의 거장 뤽 베송은 몇년 전 야심작 <발레리안>이라는 영화를 내놓았지만 흥행과 비평 양면에서 모두 참패했다. 아마도 <아바타>나 <스타워즈> 같은, 영화사에 한 획을 긋는 화제작을 노렸던 것 같으나, 아쉽게도 전혀 의도에 다가가지 못한 듯하다.

뤽 베송의 대표작은 역시 80, 90년대에서 찾아야 할 것 같다. <레옹>, <제5원소>, <니키타>가 가장 널리 알려졌지만, 많은 이들이 애정하는 그의 또 다른 영화가 있으니 바로 <그랑 블루>다. 1988년 영화니, 벌써 36년 전 영화다. 이 영화가 인상적으로 기억되는 것은 사실 스토리나 주제, 혹은 영화적인 어떤 기법 때문이 아니라 지금봐도 감탄이 나오는, 뛰어난 영상미가 첫 번째 요인일 것이다.

제목 그대로, 푸른 빛으로 가득한, 파란 바다의 색이 너무 아름다운 영화다. 시작 부분, 어린 시절 장면은 흑백으로 처리되는데 푸른 빛과 대조되면서 그 또한 오래 기억된다. 엔딩은 충격이다. 왜 그는 사랑하는 여인을 두고 자발적으로, 고래를 따라, 그 깊은 바다 속으로 들어간 것일까. 인생의 심연, 거기에 가 닿고 싶었던 것인가.

<그랑 블루>가 보여준 압도적인 영상미와 철학적 질문. 이와 비슷한 느낌을 받은 영화가 한 편 있는데 바로 리안 감독의 <라이프 오브 파이>다. 눈부시게 투명하고, 푸르디 푸른 바다, 대양을 헤엄치는 고래, 별빛 속에서 하늘로 치솟는 고래의 모습까지. 경이롭고 황홀한 영상미가 돋보인다. 30여 년 전 <그랑 블루>가 그랬던 것처럼.

뤽 베송은 할리우드를 지향했고, 실제로 숱한 할리우드 스타일의 영화들을 만들어 내고 또 성공시켰다. 하지만 한편에서는 그러면서 그의 재능이 소모됐다는 말들도 많이 한다. 뤽 베송이 만드는 <그랑 블루> 같은 아름다운 영화를 한 편 더 만나보고 싶다.

Scene 39. 〈천녀유혼〉

이토록 아름다운 귀신이라니

정소동 감독 | 장국영, 왕조현 외 | 1987년

인생은 영화처럼, 영화는 인생처럼

바야흐로 홍콩 영화가 아시아 일대를 강타하며 전성기를 구가하던 1987년, 낯선 영화 한 편이 나타나 아시아 남자들을 홀렸으니, 그 영화가 바로 왕조현이라는 신인 여배우를 아시아 최고의 미녀 배우로 등극시킨, <천녀유혼>이라는 영화다.

당시는 책받침이 인기의 척도가 되던 시절이었다. 남학생들의 절대적인 지지를 받는 미녀 자리를 3인방, 즉 브룩 쉴즈, 소피 마르소, 피비 케이츠가 삼분하던 시절이었다. 물론 각자의 매력이 모두 뛰어났음을, 지금도 그들이 전설로 회자되고 있다는 점이 방증한다. 그러나 <천녀유혼>의 출현으로 미인의 판도는 바뀌게 된다. 많은 의견이 있었겠지만 당시의 많은 남학생들은 왕조현을 맨 앞자리에 위치시켰다.

이렇듯 나를 포함한 수많은 십대 남학생들은 미인의 기준을 왕조현에 새로 맞추게 되고 현실에는 있을 턱이 없는, 왕조현 닮은 여학생을 찾아 삼만 리를 헤메고 다녔다. 당시에는 이런 허풍이 유행했다. 가령, 어제 미팅에 나갔는데 왕조현 닮은 애가 나왔더라, 아침 버스 정류장에서 왕조현 닮은 애를 봤다 등등. 그런 기억이 어찌나 강렬하던지 2024년 만들어진 나의 첫 장편영화에도 왕조현 닮은 여학생을 쫓아다니는 주인공들 이야기가 나온다.

각설하고, 이 영화가 큰 인기를 끌 수 있었던 것은, 물론 왕조현의 비현실적인 미모도 큰 몫을 했지만, 그에 앞서 신비롭고 애절한 잘 짜여진 일품 스토리 덕분이라고 본다. 선비와 귀신의 만남, 하룻밤의 인연, 그리움. 전성기 장국영의 눈부신 외모도 물론 빠뜨릴 수 없다.

이후 스타덤에 오른 왕조현은 다른 수많은 영화에 출연했지만, 그 작품들이 이 영화 <천녀유혼>의 인상을 넘어서지 못한 것은, 그만큼 <천녀유혼>이 그녀에게 딱 맞는 옷이었다는 이야기일 것이다. 청순하면서 그윽한, 동양적인 아름다움을 극대화시켜 준 캐릭터. 80년대 말, 90년대 초는 홍콩 영화를 참 많이 보고 좋아하던 시절이다. 좋아하는 홍콩 스타들도 참 많았고. 더불어 그 시절은 한창 호기심 많고 혈기 왕성한 10대 후반이었으니 매일매일이 새롭고 재밌던 시절이기도 했다. 그때 그 시절 왕조현은 우리를 행복하게 만들어 준 고마운 배우였다.

Scene 40. 〈빠삐용〉

자유를 향한 열망

프랭클린 J. 샤프너 감독 | 스티브 맥퀸, 더스틴 호프만 외 | 1974년

탈옥을 다룬 영화들이 꽤 있다. 하나의 장르라고까지는 할 순 없지만 이 탈옥을 소재로 한 영화는 시대를 막론하고 꾸준히 만들어졌다. 감옥이라는 극단적 상황에서 탈출하는 이야기는 커다란 카타르시스를 전해주는 것이라 그런 것 같다. 더구나 주인공들이 억울하게 갇힌 상황이고 갚아주어야 할 몫이 있는 경우라면 더더욱 그러하다. 자유를 향한 인간의 의지, 쾌감과 감동, 인간 승리의 맛을 느끼게 해주는 것이리라.

탈옥 영화의 고전이라 할 만한 영화가 있다면 아마도 이 <빠삐용>이 아닐까 싶다. 그리하여 빠삐용 하면 떠오르는 몇몇 이미지와 장면들이 있는데, 줄무늬 죄수복, 끝끝내 식인 상어가 우글거리는 절벽 및 바다에 뛰어드는 주인공의 모습 등이 그것이다. 명배우 스티브 맥퀸과 더스틴 호프만의 연기는 두고두고 회자될 정도로 빼어났고, 스토리와 잘 어우러져 관객들의 심금을 울리는 음악 또한 불후의 명곡이다. 1974년도 영화이니 50년 전 영화인데도 올드하거나 엉성한 느낌이 전혀 없고 세련된 느낌을 준다는 것도 놀랍다.

이 영화가 흥미로운 점은 빠삐용과 드가의 우정과 서로 다른 삶의 궤적, 그리고 선택이 다양한 울림을 준다는 것이다.

그리하여 만약 당신이라면 빠삐용을 선택할 것인가, 드가를 선택할 것인가 하는 질문을 던져볼 수 있을 것 같다. 마지막 엔딩 신, 악마의 섬을 떠나 또 다시 탈출을 시도하는 빠삐용과 그냥 섬에 남는 드가가 이별의 포옹을 하는 장면이 두고두고 잊히지 않고, 절벽을 뛰어내리는 빠삐용을 바라보는 드가의 복잡하면서도 미묘한 표정, 우는 건지 웃는 건지 알 수 없는 그 표정이 오래 기억에 남는다. 그리고 마침내 탈출에 성공한 빠삐용이 코코넛 나무 뗏목을 탄 채 쾌재를 부르는 장면은 영화사에 남은 명장면이다.

이 영화 <빠삐용>이 나온 지 한 20여 년 뒤 또 한 편의 명작 탈옥 영화 <쇼생크 탈출>이 나온다. 여러모로 비슷한 구도를 가진 이 영화 역시 많은 이들이 인생 영화로 꼽는다.

Scene 41. 〈장군의 아들〉

한국 액션 영화의 쾌거

임권택 감독 | 박상민, 신현준, 이일재 외 | 1990년

한국에 여러 유명 감독들이 있지만, 거장이라는 호칭을 붙일 수 있는 감독을 들어보라면 나는 개인적으로 임권택 감독이 거의 유일하다고 생각한다. 수십 년간 활동하면서 무려 100편이 넘는 영화를 연출했으며 여러 화제작과 수작을 남긴 감독이 그다. 작품성이나 흥행성을 놓고 보면 여러 영화를 들 수 있을 텐데, 나는 개인적으로 그의 영화 중에서 <장군의 아들>을 가장 좋아한다.

<장군의 아들>은 또한 한국 영화의 전체 역사에서도 일정한 의미를 가지는 작품일 것이다. 개봉 당시 한국 영화의 흥행 기록을 새로 썼다는 점, 당시로서는 드물게 3편까지 시리즈화되어 세 편 다 어느 정도 흥행을 했다는 점도 그렇다. 또한 기존의 배우가 아닌 신인 배우를 뽑아 주인공을 시켰다는 점도 인상적이고 당시로는 처음으로 무술 감독을 기용하여 본격적이고 한국적인 액션을 추구했다는 것도 화제가 되었다.

일제 강점기를 배경으로 삼는 영화들이 대개 어둡거나 무기력하게, 아니면 너무나 처절하게 당시를 묘사하는 것과 다르게 <장군의 아들>은 시대 상황을 적당히 다루면서 패기와 활기를 가지고 있다. 종로통 주먹들의 이야기다 보니 그런 점

도 있겠고, 어느 정도는 소위 '국뽕'스러운 점도 있지만 그래도 어느 한쪽에만 치우치지 않으면서 재미와 감동까지를 잘 잡아내고 있는 영화다. 어려운 시절, 고아로 자라다시피한 김두한이 타고난 싸움 실력 하나로 종로의 주먹들을 하나씩 잡고 종로패의 두목으로 거듭난다는 기본 스토리 자체도 흥미로운데 거기에 하야시가 이끄는 일본의 건달패와 대립각을 세우며 한판 붙는 스토리가 더해져 더욱 긴장감과 카타르시스를 선사한다. 게다가 아무 배경 없는 고아로 알았던 자신이 독립운동의 한 상징인 김좌진 장군의 아들이라는 걸 알게 되어 민족적인 의식과 책임감을 갖게 된다는 설정까지 흥미로운 지점이 많다.

이 영화가 큰 사랑을 받고 계속 이어진 것에는 물론 탄탄하고 흥미로운 스토리도 스토리지만, 신선하고 매력적인 배우들의 열연도 빠뜨릴 수 없다. 지금은 한국 영화를 받쳐주는 든든한 중견 배우들이 이 <장군의 아들>을 통해 배우로 데뷔한 경우가 많다. 박상민, 신현준, 황정민, 김승우 등등이 이 영화를 통해 데뷔했고 모두 다 좋은 연기를 펼쳤다. 아마도 이 정도 규모의 영화에서 거의 모든 주인공들을 새로 발굴하여 영화를 만든 영화가 <장군의 아들> 외에 또 있었을까 싶다. 그만큼 신선한 기획이었고 또 야심 찬 프로젝트였던 것 같다. 철학자 도올 김용옥이 시나리오에 참여했다는 점도 대단히 인상적이었다. 그에 답하여 <장군의 아들>은 그때까지의 한국 영화 흥행 기록을 깨고 흥행과 화제 면에서 크게 성공했다.

개인적으로 스토리나 배우의 연기에 못지않게 기억에 남는 것이 바로 액션 신이다. 아마 한국 영화 속 액션에 있어서도 하나의 기념비적인 작품일 것 같은데, 이전 한국 영화에서 보이는 허풍스럽거나 엉성한 액션과 완전히 차별되면서 동시에 홍콩의 액션 영화들과도 완전히 다른 사실적이고도 디테일한 액션, 그리고 장면과 인물들마다 다양한 변주를 주면서 깊은 인상을 주었다. 특히 태권도 동작을 많이 응용한 다양하면서도 힘 있는 발차기들이 많이 사용되었던 것 같다. 영화의 대단한 성공에 힘입어 2, 3편이 빠르게 시리즈로 제작되었지만 여러 면에서 1편에 미치지 못했다. 이 점이 좀 아쉽기도 하다. 그래도 지금 다시 봐도 흥미롭고 잘 만들었다는 생각이 든다. 한국 영화 중에 계속 다시 보게 되는 영화는 거의 없는데, 이 영화 <장군의 아들>은 예외적인 작품인 것 같다.

Scene 42. 〈죠스〉

블록버스터의 시작

스티븐 스필버그 감독 | 로이 샤이더 외 | 1975년

인생은 영화처럼, 영화는 인생처럼

스티븐 스필버그가 세계 영화계에 남긴 영향은 실로 엄청나고 여러 각도에서 논할 수 있을 것이다. 그중 하나가 영화 하나가 갖는 경제적 효과를 크게 확장시킨 것이다. 흔히 할리우드 블록버스터란 표현을 쓰곤 하는데, 이 블록버스터란 용어가 처음 적용된 영화가 바로 <죠스> 아닐까 싶다. <죠스>는 당시 절대 도달할 수 없는 수치로 여겨졌던 북미 흥행 2억 달러를 돌파한 영화고, 전 세계적으로도 엄청난 흥행과 화제를 모은 레전드 오브 레전드인 것이다. 1975년 작이니 꼬마였던 내가 극장에서 볼 수는 없었고 한참 뒤에 TV를 통해 처음 접했다. 처음 <죠스>를 보고 무섭기도 하면서 흥미진진하고 또 신기하기도 했던 기억이 강렬하다.

오늘날 우리가 상어에 대해 공포감을 갖는 데에도 이 영화 <죠스>의 영향이 분명 있다. <죠스>는 그런 면에서 일종의 공포 영화로도 손색이 없을 것 같다. 물론 영화는 여러 가지 것들을 이야기하고 있는 작품이다. 인간과 자연, 세상에 대한 날카로운 비판 의식도 놓치지 않고 강력한 메시지를 전달하고 있기도 하다. 여러모로 대단한 영화라고 할 수 있다.

밑이 보이지 않는 검은 바다가 갖는 태생적 무서움에 더해

거대한 식인 상어가 사람을 공격한다는 스토리는 이른바 바다에 대한 공포의 결정판 같다. <죠스>는 잘 짜여진 스토리, 심리를 자극하는 구도, 상어와 인간의 대립 구도, 마침내 벌어지는 한판 승부까지 어느 하나 소홀함 없이 잘 구성된 영화다. 거기에 인간의 이기심과 욕망, 그것이 초래하는 비극적 상황까지 더해 강렬한 사회적 메시지를 완성하고 있기도 하다. 소위 저절로 손에 땀을 쥐게 만드는 영화로 <죠스> 이후 상어를 소재로 한 수많은 영화가 만들어졌지만, 역시 <죠스>는 넘사벽인 것 같다.

역시 주제곡 이야기를 하지 않을 수 없다. 너무나도 유명한 그 음악, 듣기만 해도 곧 상어가 다가올 것만 같다. 1975년 작이니 딱 50년 전 영화인 <죠스>, 영화의 패러다임을 바꾼 혁신적 작품이고, 새로운 시대를 열어젖힌 기념비적인 영화다. 몇 번을 강조해도 모자람이 없는 명작 중의 명작이다. 지금봐도 촌스럽다거나 올드함이 느껴지지 않는다. 그동안 텔레비전 화면으로만 보았는데, 대형 스크린으로 본다면 또 다른 느낌일 것 같다. 요즘 옛날 영화의 재개봉이 유행인데, <죠스>도 재개봉이 한번 있으면 좋겠다. 큰 스크린으로 다시 한번 보고 싶다.

Scene 43. ⟨ET⟩

외계인은 내 친구

스티븐 스필버그 감독 | 드류 베리모어 외 | 1982년

　50대쯤 되는 내 또래의 사람들에게 영화 <ET>는 아마도 각별하게 기억될 것이다. 엄청난 작품성이나 예술성이 있다는 말이 아니다. 이른바 소년, 소녀 시절에 스크린을 통해 꿈과 희망과 환상을 느껴본 강렬한 경험을 하지 않았나 싶다. 1982년 영화 ET는 전 세계적으로 흥행하면서 엄청난 화제를 모았고 전 세계 어린이들의 마음을 사로잡았다고 할 수 있다. 40년이 지나도 몇몇 장면이 아주 인상적으로 남아있는데, 예를 들어 자전거를 타고 ET와 함께 커다란 달이 떠있는 하늘을 나는 장면, 마지막 엔딩에서 ET와 손가락을 마주 대며 인사를 나누는 장면 등은 정말 지금도 생생하게 기억이 난다. 또한 지금도 선명하게 기억나는 음악 또한 일품이다. 영화음악의 거장 존 윌리엄스의 작품인데, 언제 들어도 좋다. '넘사벽'을 느끼게 하는 독창적이고 혁신적인 기술을 바탕으로 상상 속에서나 가능한 장면들을 시각적으로 구현한 것도 영화 성공의 일등 공신이라 할 것이다. 지금 봐도 신기할 정도이니 당시에는 어떻겠는가. 더구나 소년의 눈으로 보았을 때는 정말 환상적이었을 것이다. 이처럼 스티븐 스필버그가 선사하는 기술력이 압도적이고 엄청나다는 이유도 있지만, 영화 <ET>가 지금까지 감동적으로 기억되는 것은 그에 앞서 따뜻하고

섬세한 인류 보편의 휴머니즘을 담은 감동적인 스토리텔링
이 잘 조화를 이루었기 때문이다. 그것이야 말로 많은 이들이
<ET>를 인생 영화로 꼽는 최고의 요인이 아닐까 싶다.

원래 82년도 영화인데 우리나라 개봉은 84년도라고 되어
있다. 당시 나는 초등학교 6학년, 아마도 친구들하고 극장에
가서 봤을 것이다. 참 재밌고도 신기하게 보았고 깊은 감동
을 받았던 기억이 난다. ET와 아이들의 교감에 감정이입되어
웃고 울었을 것이다. 정말 ET가 있는 건가 하는 생각도 했었
던 것 같다. 아이들만 감동을 받은 건 아니었을 것이다. 중년
이 된 지금 다시 봐도 가슴이 찡해지는 건 나만이 아닐 것이
다. 또 하나 인상적인 것 하나, 지금은 할리우드의 중견 배우
가 되었지만 인형같이 깜찍한 꼬마 시절 열연을 펼친 드류 베
리모어를 보는 즐거움이다.

1984년, 소년 시절을 거쳐 이제 본격적으로 영화와 사랑에
빠져 극장에 다니기 시작할 무렵에 만난 영화 <ET>는 영화 보
기의 즐거움과 매력을 흠뻑 느끼게 해준 작품이라고 하겠다.
그 시절에 이런 좋은 영화를 만난 것은 큰 행운이라고 할 수
있다.

Scene 44. 〈쥬라기 공원〉

시각적 혁명이판 이전 것

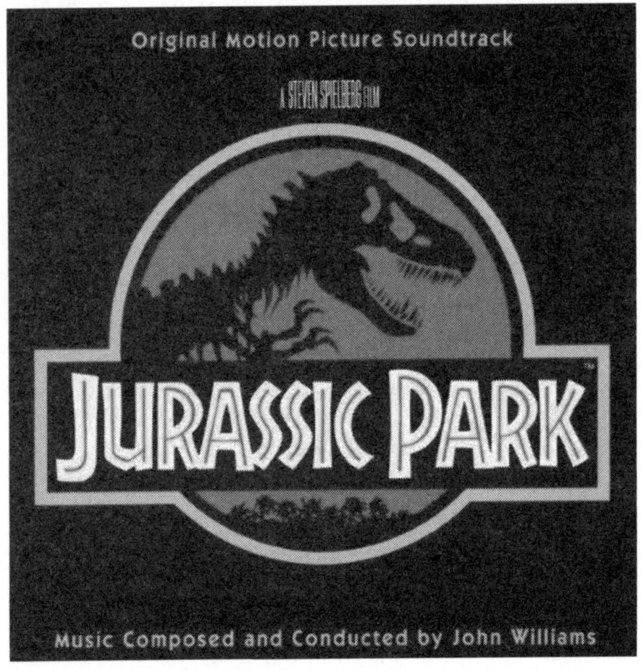

스티븐 스필버그 감독 | 샘 닐 외 | 1993년

인생은 영화처럼, 영화는 인생처럼

몇 년 전 <쥬라기 월드: 폴른 킹덤>이 개봉하여 전 세계에서 흥행을 한 바 있다. 쥬라기라는 이름에 대한 강렬한 인상이 있으니 나도 나오자마자 보러 갔던 기억이 난다. '쥬라기'라는 이름 하나로 팬들의 기대를 한 몸에 받는다는 것, 그만큼 전 세계 관객들의 뇌리에 깊은 인상으로 남아있기 때문일 것이다.

지금으로부터 30여 년 전, 스필버그가 1993년 선보인 <쥬라기 공원>은 말 그대로 시각적 혁명을 자랑한 영화였다. 앞서 스티븐 스필버그를 다루면서 잠깐 얘기했지만 <쥬라기 공원>은 비슷한 시기 제임스 카메론의 <터미네이터 2>와 함께 전 세계 관객들에게 엄청난 시각적 자극을 선사한, 요컨대 혁명과도 같은 특수 효과로 관객들의 넋을 나가게 한 작품이다. 이제 시간이 많이 흘러 구체적 줄거리는 가물거려도, 책에서만, 만화에서만 보던 고대의 공룡들이 눈앞에 살아 뛰어다니던 장면은 아직도 생생하다. 도대체 어떻게 찍은 것인가, 믿어지지 않을 만큼 사실적이고 웅장하며 스펙터클했다.

이후 2, 3편까지 이어지며 흥행을 이어가다가 스토리가 고갈되자 화려하고 신기한 볼거리로 무장한 다른 영화들에 조금씩 밀려 조용히 사라졌는데, 그 시리즈가 다시 <쥬라기 월

드>라는 이름으로 화려하게 부활한 셈이다. 관객들은 오랜만에 돌아온 쥬라기 공룡들에 환호했고, 전 세계적으로 엄청난 흥행을 기록했다. 그 사이 시각 효과는 더 훌륭해졌고 잘 짜여진 스토리로 재미와 메시지도 함께 잡았다. <쥬라기 공원>에서 <쥬라기 월드>로 이어지는 이 쥬라기 시리즈는 세계 영화사에 선명한 획을 그었다고 할 수 있을 것이다.

Scene 45. 〈로보캅〉

내 인생 최고의 SF 영화

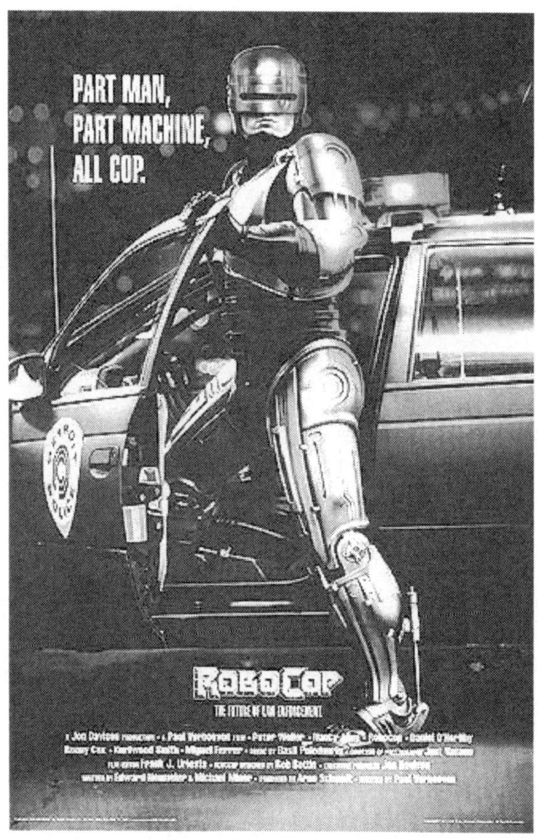

폴 버호벤 감독 | 피터 웰러 외 | 1987년

제임스 카메론의 <터미네이터>를 한 차례 언급했으니, 비슷한 시기에 폴 버호벤 감독이 연출한 <로보캅> 역시 빼놓을 수 없다. 80년대를 돌아보면 절대로 건너뛸 수 없는, 명작이다.

왜 로보캅을 명작으로 보는가. 일단 인간과 로봇을 결합시킨다는 소재 자체가 흥미로웠고 강력한 액션과 폭력이 인상적으로 시각화되었으며 무엇보다, 단순한 액션이나 권선징악에 그치지 않고 존재론적 성찰과 현대 기계 문명에 대한 경고, 그리고 강렬한 정치 비판을 드러낸다는 점에서 그러하다.

감독 폴 버호벤은 <로보캅> 외에도 <원초적 본능>, <토탈 리콜>을 만든 바 있는데, 그는 늘 폭력과 정치를 절묘하게 뒤섞으며 자신의 색깔로 승부를 던진 감독이다. 네덜란드 출신의 폴 버호벤이 할리우드에서 처음으로 만든 영화가 바로 <로보캅>이다. 그는 단순하고 자극적인 액션 영화로 기획된 시나리오를 대폭 수정하여 철학적 고민과 사회문제, 기업의 윤리 문제 등을 풍부하게 녹여내는 한편 새로운 기술과 액션을 결합시켜 마침내 80년대를 대표하는, 역대급 영화로 완성시켰다.

　지금 봐도 감탄이 나오는 액션신과 하드코어급 수위, 영화는 4년 뒤 <터미네이터 2>가 나오기 전까지 독보적인 특수 효과와 액션 신을 자랑했다. 영화가 개봉되었던 1987년, 당시 중3인 나에게 <로보캅>의 획기적인 비주얼과 묵직한 내용은 강한 인상을 주었다. 요컨대 충격적이었다. 2014년 리메이크 된 <로보캅>이 개봉했을 때 한걸음에 뛰어가서 봤을 정도로 영화 <로보캅>의 인상은 강렬했고 인상적이었다. 알다시피 <로보캅>은 이후 3편까지 시리즈화되었는데 2, 3편에 대한 기억은 흐릿하다. 형만 한 아우가 어디 있던가. 역시 1편이 갑이다.

　최근에 로봇이 소재가 되는 여러 영화들이 많다. 첨단의 기술력과 대규모 제작비로 엄청난 시각적 성찬을 보인다. 예컨대 <트랜스포머> 시리즈와 <퍼시픽 림> 시리즈, <아이언맨>, <리얼 스틸> 등등을 예로 들어볼 수 있겠는데, 모두 대단한 스케일과 놀랄 만한 특수 효과를 자랑한다. 각 캐릭터들에 대한 팬들의 사랑도 대단하다. 하지만 나에게 로봇 영화의 베스트는 여전히, 그리고 아마도 영원히 1987년의 <로보캅>인 것 같다.

Scene 46. 〈황야의 7인〉

끝내주는 서부극

존 스터지스 감독 | 율 브린너 외 | 1960년

영화를 좋아하는 나는 당연히 영화에 삽입된 영화음악도 좋아한다. 어떤 영화는 스토리보다 음악이 먼저 생각나는 경우도 있고, 영화 자체보다 음악이 훨씬 더 좋은 경우도 많다. 지난 가을 인천 송도에서 평소 좋아하는 <전기현의 씨네뮤직> 오픈 콘서트가 열렸다. 노을이 지는 가을 저녁 넓은 잔디밭에서 좋아하는 영화의 주제곡들을 들을 수 있어 무척 좋았다. 마지막 곡이 특히 인상적이었는데, 뜻밖에도 하모니카 연주자가 무대에 올라 <황야의 7인>의 주제곡을 연주했다. 영화의 장면이 배경으로 깔리고 너무나 익숙한 멜로디가 흘러나왔다. 그렇지, 바로 저 음악이지. 나도 손뼉을 치며 음악을 따라 불렀다.

한때 서부영화가 크게 유행했던 적이 있었다. 존 웨인, 클린트 이스트우드, 율 브린너, 찰스 브론슨, 존 포드, 샘 페킨파, 세르지오 레오네 등등 서부영화 하면 떠오르는 여러 배우들, 감독들도 있다. 50, 60년대에 유행처럼 만들어졌으니 동시대에 극장에 가서 서부영화를 본 적은 없다. 대신 어린 시절 TV에서 틀어주던 서부영화를 기억한다. <토요명화>, <명화극장> 같은 프로그램에서 서부영화를 참 많이 틀어주었던 것 같다. <황야의 7인>도 텔레비전을 통해 여러 번 본 영화다.

　잘 알려진 대로 <황야의 7인>은 일본 영화 <7인의 사무라이>를 원작으로 하는 영화다. 간단한 스토리다. 마을에 나타난 악당 패거리에 맞서 7명의 총잡이들이 나서고 마을 사람들과 합심하여 악당들을 물리치는 이야기다. 출연진이 쟁쟁하다. 율 브린너를 비롯하여 스티브 맥퀸, 찰슨 브론슨 등 할리우드 명배우들이 총출동하여 멋진 연기 앙상블을 보여준다. 나는 개인적으로 서부극에 나오는 율 브린너를 특히 좋아한다. 강렬한 눈빛의 카리스마와 위엄 있는 목소리는 서부극의 주인공으로 제격이고 날렵한 액션도 일품이다. 나중엔 다들 대스타가 되었지만 1960년대 영화가 만들어질 당시엔 율 브린너를 제외하곤 다들 신인급이었다.

　팽팽한 긴장감, 화끈한 액션, 배우들의 열연이 박자를 맞추며 멋진 서부영화로 자리매김한 <황야의 7인>은 이어서 속편이 만들어져 그 또한 인기를 끌었다. 2016년엔 새로 리메이크되어 덴젤 워싱턴, 에단 호크, 그리고 우리 배우 이병헌이 출연하여 화제를 모았다. 원작의 명성에는 한참 못 미치지만 그래도 오랜만에 만나는 정통 서부극이었고, 그 역시 재미있었다. 영화의 주제곡은 영화음악의 거장 엘머 번스테인의 작품으로 서부영화 하면 바로 떠오르는 명곡임은 두말할 필요 없다.

Scene 47. 〈낙엽귀근〉

죽음에 대한 고찰

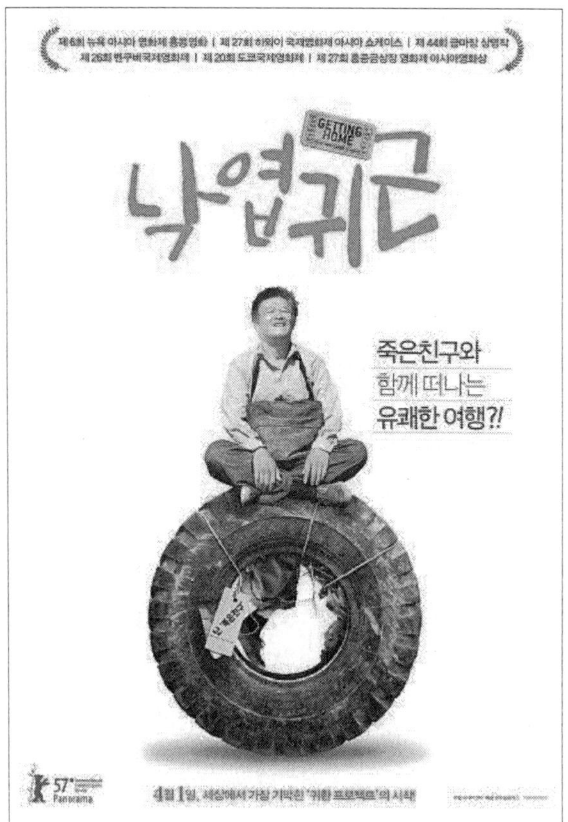

장양 감독 | 조본산 외 | 2007년

　슬픔이 없고 사연이 없는 죽음이란 게 있을까. 나는 지난 연말 가족 중 한 분을 떠나보냈다. 너무 빠른 이별에 허망함이 컸고 미처 다하지 못한 말들과 슬픔이 파도처럼 밀려와 통한의 눈물을 쏟았지만, 떠난 이는 말이 없으니 허무함과 적막감이 크다. 나이가 들어간다는 것은 한편으로는 점점 더 많은 이들과 이별한다는 것과도 같다. 친지, 친구, 동료, 지인의 떠남을 지켜보는 것은 슬프고 힘든 일이다. 겪을수록 익숙해질 법도 한데 전혀 그렇지 않다. 늘 아프고 늘 허망하다. 사실 조금쯤 떨어져 객관적으로 바라보면, 죽음이란 것도 인간사의 자연스러운 한 과정일 터. 좀 더 담담하게 받아들일 수도 있을 것 같은데, 머리는 그렇게 생각한다고 해도 대부분의 우리는 그러지 못한다. 그 순간 철학도 이성도 다 부질없는 관념적 수사처럼 느껴진다고 할까.

　한편 요즘에는 ‘웰다잉’이라는 화두가 심심찮게 거론되고, 대부분 말하길 꺼리고 회피하려고 하는 죽음에 대해 다양한 관점에서 논의하는 분위기도 있는 것 같다. 여기 죽음에 대한 한 고찰이랄까, 깊이 있는 시선이랄까, 나아가 우리 인생과 희노애락에 대한 꽤 입체적인 묘사를 하면서 많은 감동과 생각거리를 던져주는 수작이 있으니, 바로 <낙엽귀근>이라는 영화다.

2007년도 작품인 이 <낙엽귀근>은 중국의 최고 코미디언으로 유명한 조본산이 주연을 맡아 명불허전의 연기로 관객의 마음을 쥐락펴락하면서 웃기고 울린다. 감독은 <애정 마라탕>, <샤워>, <해바라기> 등으로 잘 알려진 6세대 감독 장양이다. 역시 한 방이 있는 실력파 감독이다. 영화는 실화를 바탕으로 했다고 하는데, 그래서 더 애틋하고 감동적이기도 하다.

영화는 함께 일하던 동료가 갑자기 죽자 동료를 고향에 데려다주겠다며 길을 떠나는 한 남자의 이야기다. 죽은 동료는 가족들과 연락이 닿지 않고 사람들은 그냥 화장을 하는 게 낫다고 말하지만 남자는 고집을 꺾지 않는다. 그는 '사람은 반드시 고향에 돌아가야 한다'는 마음을 가지고 있고, 생전에 친구와 했던 약속을 지키겠다며 친구의 고향 중경을 향해 떠난다. 시체를 데리고 머나먼 곳으로 떠난다는 자체가 비현실적이고 평탄치 않을 여정이 예상되는데, 아니나 다를까 그의 여정은 험난하고 파란만장하다. 그의 사연을 듣고 도움을 내미는 사람부터 외면하는 사람, 남자를 등쳐 먹는 사람, 또다시 도움의 손길을 내미는 사람 등등 별의별 사람을 만나고 수많은 에피소드들이 펼쳐진다. 남자는 최악의 상황에 처해도 화를 내거나 누구를 원망하지 않는다. 유머와 해학, 삶의 짙은

페이소스가 생생하게 펄떡이며 관객들을 웃기고 또 뭉클하게 만든다.

또한 <낙엽귀근>은 결코 신파나 권선징악에 기대지 않는다. 그저 우리네 인생 굽이굽이마다 담겨있는 희노애락을 여러 에피소드에 녹여 자연스럽게 펼쳐보이니, 그 웃음 속으로 천천히 스며드는 슬픔, 진지함이 참으로 인상적이다. 그리고 역설적으로 그 속에서 반짝이며 빛나는 삶에 대한 긍정과 희망을 설득력 있게 그려낸다. 무거울 수 있는 죽음, 그리고 무거운 삶의 무게를 해학과 위트, 그리고 페이소스로 변환하여 결코 무겁지 않게 잘 담아낸 수작이라고 할 수 있다.

우리 삶의 슬픈 부분들을 무겁지 않게 담아냈다고 하지만 어쩔 수 없이 울컥하며 눈가를 뜨겁게 만드는 장면들이 꽤 있다. 예컨대 큰 자동차 바퀴에 친구를 담고 마치 개선장군처럼 씩씩하게 바퀴를 굴리는 장면, 여러 우여곡절 끝에 이젠 어쩔 수 없이 친구를 묻겠다고 마음먹고 땅을 판 자리에 들어가 본 남자, 그곳이 엄마 품처럼 편안하다며, 나도 이젠 지쳤다며 같이 떠나자고 말하던 장면 등에서 울컥했다.

살면서 만나는 여러 문제들로 힘들고 슬플 때, 그리고 뜻대

로 되지 않는 상황들에 속상하고 짜증이 날 때, 이 영화 <낙엽

귀근>을 본다면 적지 않은 위로를 받을 수 있을 것 같다.

Scene 48. 〈초록 물고기〉

애처로운 청춘

이창동 감독 | 한석규, 심혜진, 문성근 외 | 1997년

이창동의 데뷔작 <초록 물고기>를 최근 다시 보았다. 여러 번 본 영화지만 역시 좋았다. 다시 새롭게 다가오는 장면과 인물들이 있어 흥미로웠다. 더불어 영화를 극장에서 본 1997년 무렵이 떠올라 뭉클한 감정도 들었다. 최근작 <버닝>까지 이창동의 영화들을 빠짐없이 보았고 대개 몇 번씩 보았다. 그의 영화에는 인간과 세계에 대한 깊이 있는 시선과 날카로운 탐색이 담겨있어 많은 생각거리를 던진다. 주지하듯 이에 부응하여 국내외로 높은 평가를 받고 있다.

이창동의 모든 작품들 중에서 나는 이 <초록 물고기>를 가장 좋아한다. 일단 감정적 울림이 크고 문학적인 느낌도 강하다. 제목을 비롯하여 곳곳에 비유와 상징을 배치한 것도 좋고, 배우들의 생생하게 살아있는 연기도 무척 좋다. 이후 이창동이 얼마나 더 깊고 단단하게 자신의 영화 세계를 구축했는지 잘 모르겠지만, 나에게 최고작은 여전히 데뷔작인 <초록 물고기>다. 그러고 보면 이창동을 비롯하여 데뷔작이 가장 인상적으로 기억되는 감독들이 많다. 많은 작품들로 평단과 관객의 지지를 받는 거장들 중에 흥미롭게도 첫 작품이 가장 좋았던 경우가 종종 있는 것 같다. 물론 평가는 다양할 수 있지만 말이다.

한석규와 심혜진, 문성근, 그리고 송강호, 정진영 등 배우
들의 연기도 다들 좋았고 호흡 역시 잘 맞았던 것 같다. 작가
출신답게 직접 쓴 스토리도 탄탄하고 곳곳에 드러나는 문학
적인 느낌도 좋았다. 사실 나는 한 번 본 영화를 몇 번씩 일부
러 다시 보는 경우가 많지 않다. 한국 영화는 특히 더 그런 편
인데, <초록 물고기>는 몇 년에 한 번씩 꼭 다시 보게 되는 영
화 중 하나다.

Scene 49. 〈탑건〉

청춘의 질주

리틀리 스콧 감독 | 톰 크루즈 외 | 1986년

할리우드의 톱스타 톰 크루즈는 30년 넘게 최고의 자리를 지키며 지금도 매년 블록 버스터의 주연으로 맹활약하고 있다. 우리 한국에도 여러 번 다녀가며 친절한 톰 아저씨로 환영받고 있다. 그의 차기작인 <미션 임파서블 6>도 물론 기대되지만, 2022년 개봉되었던 <탑건 매버릭>이야말로 수많은 이들이 오래 기대한 작품이었다. 그도 그럴 것이 무려 36년 만에 돌아온 1986년 작 <탑건>의 속편이었기 때문이다.

<탑건>은 젊은 루키 톰 크루즈를 일약 세계적 톱스타로 만들어 준 출세작이다. 마치 한 편의 뮤직비디오 같은 뛰어난 영상미와 주제가, 하늘을 가르는 초고속 전투기, 질주하는 오토바이, 작열하는 태양, 젊음의 반항, 뜨거운 사랑, 목숨까지 나누려는 의리까지, <탑건>은 젊은이들의 가슴에 제대로 불을 지른 영화였다.

한국 개봉은 1987년 겨울이었다. 당시 중3이었던 나는 2살 아래 남동생과 함께 극장에 갔는데 사람이 너무 많아 좌석표를 구하지 못하고 극장 계단에 서서 본 기억이 난다. 미국에서도 이 영화의 인기로 공군 지원이 증가하는 등 뜨거운 반향을 일으켰다는데, 한국에서도 당시 영화에 빠졌던 많은 10대

소년들이 영화를 보고 너도나도 공군사관학교에 지원한다는 결심을 세우곤 했다.

　몇 년 뒤 군대에 가게 된 나는 공군에 지원, 복무를 했는데, 생각해 보니 공군에 간 것도 알게 모르게 <탑건>의 영향이 있었던 건지 모르겠다. <탑건>의 감미로운 주제곡 <Take my breath away>는 1년 뒤 홍콩에서 만들어진, 왕가위의 눈부신 데뷔작 <열혈남아>에도 삽입되었다. 당시 할리우드에서 톰 크루즈가 <탑건>으로 화려하게 등장했다면, 홍콩에서는 유덕화가 <열혈남아>로 반항하는 청춘의 표상으로 본격 출발했다. 흥미로운 지점이다. 두 배우의 나이도 같고, 스타덤에 오른 시기도 비슷하고, 몇십 년째 톱스타의 자리에서 밀려나지 않는다는 점도 그렇다.

Scene 50. 〈철도원〉

타카쿠라 켄의 힘

후루아타 야스오 감독 | 타카쿠라 켄 외 | 1999년

일본의 국민 배우로서 많은 이들에게 사랑받았던 타카쿠라 켄은, 그의 주무대였던 일본 뿐만 아니라 중화권의 여러 감독 및 영화인들에게도 많은 영향과 인상을 주었다. 몇 년 전 그가 타계했을 때 중화권 영화계에서 대대적으로 그를 추모했을 정도다. 장예모는 2005년 자신이 존경하던 그를 주인 공으로 삼아 <천리주단기>라는 영화를 만들었다. 역시나 <철도원>의 주인공처럼 인생의 깊은 슬픔과 회한을 특유의 연기로 설득력 있게 그려낸 바 있다. 홍콩의 거장 오우삼도 타카쿠라 켄을 깊이 흠모했고, 그런 연유인지 모르겠지만 근래에 새로 만든 <맨헌트>라는 영화는 오래전 타카쿠라 켄이 주연한 영화를 리메이크한 영화다. 이번에 다룰 영화 <철도원> 역시 타카쿠라 켄이 열연을 펼친 명작 중 하나다.

<러브레터>가 알싸하다면, <철도원>은 묵직하다. 이 묵직한 감동은 대배우 다카쿠라 켄에게 절대적으로 의지하고 있다. 삶의 깊은 슬픔을, 눈물을 꾹꾹 눌러 참으며 묵묵히 인생을 걸어가는 남자의 이야기를 그만큼 호소력 있게 전달한 배우가 있던가. 그리고 그 감동은 온통 하얀 설국을 배경으로 삼아 더욱 강하게 피어오른다.

홋카이도의 어느 시골 역. 엄청나게 쏟아진 눈이 온 세상을 하얗게 뒤덮고 있다. 주인공은 평생 그 역을 지켜온 역장이다. 그러나 그가 인생을 바쳐 함께해 온 기차역은 이용객이 적다는 이유로 결국 폐쇄 수순을 밟는다. 덩그러니 버려진 철도역, 그리고 더는 그곳에 멈춰서지 않을 기차. 이제 그에게 남은 건 깊은 회한뿐이다. 그는 철도원으로 평생을 살았고, 그 역을 지키며 인생의 온갖 희로애락을 거쳤다. 그 사이 하나뿐인 딸과 아내는 그의 곁을 떠나갔다. 쓸쓸하다. 자신의 어린 딸이 아파서 급히 병원에 가던 날도, 아내가 병으로 세상을 떠나던 그날도 남자는 기차역을 지켰다. 어느 날 그를 찾아온 어린 소녀는, 바로 오래전 먼저 떠나보낸 그의 딸이었다. 회한의 눈물을 떨구는 아버지를 위로하는 딸, 아, 이 장면에서 많은 이들이 울컥했고 눈물도 참 많이 쏟았던 것 같다. 우직한 남자의 사명감, 뜨거운 눈물, 그리고 아버지라는 이름…….

눈 덮인 설원을 가로지르며 기차는 달려간다. 기쁨과 슬픔과 그리움과 회한을 가로지르며 묵묵하게.

Scene 51. 〈러브 어페어〉

만날 사람은 만난다

글렌 고든 카슨 감독 | 워렌 비티, 아네타 베닝 외 | 1995년

작년도 아카데미 시상식 때던가, 마지막 작품상 시상자로 워렌 비티가 나왔는데 이젠 그도 나이가 들어 80대 할아버지였다. 나에게 워렌 비티 하면 90년대 초반의 <벅시>와 <러브 어페어>가 먼저 떠오른다. 그 당당하고 멋진 중년의 신사가 이제 나이 든 할아버지라니, 순간 마음이 좀 짠했다.

이번에는 그의 실제 부인이기도 한 배우 아네타 베닝과 함께 출연한, 멋진 멜로 영화, <러브 어페어>에 대해 좀 이야기해 보고자 한다. 참고로 <벅시>에서도 아네타 베닝과 출연한 바 있다. 아마 이런 영화들이 인연이 되어 두 사람이 부부의 연을 맺은 것 같다.

아네타 베닝, 내가 무척 좋아하는 여배우다. 이제 60대에 접어들었는데 지금도 물론 매력적이고 기품이 있지만 30년 전 <러브 어페어> 속 그녀는 말 아름답고 사랑스러웠다. 아마 영화를 본 전 세계 모든 남자들이 그녀에게 빠지지 않았을까. 이처럼 <러브 어페어> 하면 먼저 저 두 배우에 대해 언급하게 될 것이고, 이어서 아름다운 영화음악에 대해 얘기하게 된다. 설명이 필요 없는 영화음악계의 거장 엔니오 모리꼬네가 선사하는 이 영화의 OST는 정말 명불허전이다. 어떤 영화들은 영화의 내용에 앞서 그 음악이 먼저 떠오르는데, 바로 이

인생은 영화처럼, 영화는 인생처럼

영화가 그런 범주에 속하는 것 같다.

초반에는 경쾌하고 즐거운 전형적인 로맨틱 코미디 같으나 중반으로 갈수록 웅장하고 아름다운 화면이 시선을 사로잡는다. 그리고 종반부의 안타까운 사연을 통해 진한 여운과 감동을 안기는 <러브 어페어>는 로맨스 영화의 고전이 돼가는 것 같다. 비유컨대 시간이 갈수록 더욱 깊어지는, 와인 같은 영화다. 그래서인가, 미국인들이 가장 좋아하는 멜로 영화로 꼽히며 연말마다 방영된다고 한다. 아마 좀 더 젊은 세대들은 연말에 <러브 액츄얼리>를 자주 보고, 중년 세대들은 <러브 어페어>를 보며 위로받고 감동받는 것 같다. 아이들은 <나홀로 집에>를 보지 않을까.

Scene 52. 〈테이큰〉

화끈한 아빠 액션

피에르 모렐 감독 | 리암 니슨 외 | 2008년

인생은 영화처럼, 영화는 인생처럼

배우 리암 니슨을 좋아한다. 큰 키에 선 굵은 외모, 배우 데 뷔 전 복싱을 했었다는 경력도 흥미롭다. 2008년 작 <테이큰 >은 리암 니슨에게 제 2의 인생을 걸게 해준 영화다. 리암은 그전에는 다양한 역을 맡았으되, 개인적으로는 특별히 확실한 인상이 없던 배우였다. 그런 그가 50대 후반에 찍은 이 영화 <테이큰>으로 액션 장인으로 거듭났다. 70이 넘은 지금도 리 암 니슨은 1년에 두세 편씩 액션 영화를 찍는다. 대단한 노익 장이고 후배들의 롤모델이 될 만하다. 물론 <테이큰>만큼 가 슴을 건드리는 영화는 별로 없지만 말이다.

<테이큰>이 대박을 터트릴 수 있었던 이유는 뭘까. 사실 뭐 그리 새로울 것 없는 스토리에 그렇게 큰 규모의 영화도 아니 었지만, 시원하고 화끈한 액션과 딸을 끔찍히 생각하는 아빠 의 애틋한 부정이 더해지자 100% 감정이입되어 손에 땀을 쥐 게 만들었던 것 같다. 즉 부성애와 화끈한 액션이 핵심이다.

나는 네가 누군지 모르지만,

널 찾아 죽일 것이다.

리암 니슨의 이 명대사가 참으로 인상적이다. 몇 번을 본 영화지만, 볼 때마다 시원시원하고 또 애틋하다. 최근 현란하고 신기한 액션을 추구하는 영화들이 많지만, 이 정도 울림과 감성을 수반하는 액션 영화, 찾기 힘들다. 이제는 거의 클래식이다. 그만큼 TV 영화 채널에서 자주 틀어주는 영화지만 보고 또 봐도 재밌다. 이런 게 명작이다. 2, 3도 나쁘지 않지만 역시 1이 최고다.

Scene 53. 〈흐르는 강물처럼〉

포물선을 그리는 낚싯줄

로버트 레드포드 감독 | 브래드 피트 외 | 1992년

1부 나를 뒤흔든 내 인생의 영화

날씨가 더워지니 바다와 강이 자연스레 생각난다. 선명해지는 녹음도 여름이 다가왔음을 알려주는 것 같다. 그리고 또 드는 생각 하나. 대자연 속으로 들어가 물에 발을 담그고 낚시를 하고 싶어진다.

낚시라고 하면 자연스레 떠오르는 영화가 있다. 아름다운 대자연을 배경으로 흐르는 강물 위에 낚싯줄을 던지는 장면이 너무나 인상적인 영화, 바로 <흐르는 강물처럼>이다. 아마 이 영화를 보고 낚시, 특히 플라잉 낚시에 입문한 사람들이 많을 것이다. 나도 잘하는 건 아니지만 가끔 동생이랑 강원도 계곡에 가서 낚싯대를 던지곤 한다.

<흐르는 강물처럼>은 그림처럼 멋진 풍경, 그 속에서 낚싯대를 휘두르는 여유롭고 아름다운 모습 외에도 할리우드 톱스타 브래드 피트의 눈부신 젊은 날을 담아내고 있다는 점에서도 무척 인상적인 영화다. 그만큼 배역에, 풍경에 잘 녹아들었다는 말도 될 것이다.

좋은 영화는 몇 번을 다시 봐도 좋고, 게다가 볼 때마다 다른 느낌과 감동을 준다. 조금 나이를 먹고 지금 다시 보는 <흐르는 강물처럼>은 인생에 대해 깊이 사유하는 영화로 다가온

다. 자식에 대한 사랑과 그를 잃은 슬픔, 인내, 회한을 생생하게 담아내고 있고 과거엔 잘 이해하지 못했던 동생의 삶을 노년에 이른 주인공이 조금씩 이해하게 되는 대목에서는 왠지 가슴이 찡하고 아프다.

그리고 낚시에 인생을 투영한 설득력 있는 대사를 잘 전달해 주고 있다. 흔히들 우리네 인생을 강에 비유하고는 하는데, 영화 <흐르는 강물처럼>은 제목도 그렇고, 멋진 풍광도 그렇고 우리네 인생을 잘 녹여낸 작품이다. 가끔 생각날 때마다 다시 봐도 좋을 것 같다.

Scene 54. 〈라이프 오브 파이〉

인생이라는 바다 한복판에서

리안 감독 | 수라즈 샤르마 외 | 2013년

인생은 영화처럼, 영화는 인생처럼

2009년이던가 2010년이던가, 지방의 한 작은 대학에 적을
두고 있던 시절이다. 다른 과의 한 교수님이 재밌게 읽었다며
한번 보라고 내게 건넸던 소설이 얀 마텔의 『라이프 오브 파
이』였다. 호, 오랜만에 소설의 재미에 푹 빠졌던 책이었다. 망
망대해, 한 척의 배 위에 호랑이와 함께 여행 아닌 여행을 한
다는 이야기는 황당하기도 하고 신비롭기도 하면서 무척 흥
미진진했다. 물론 이 작품은 다층적이고 깊이 있는 주제를 던
지는 이야기였다.

몇년 뒤 그걸 리안이 영화로 옮긴다는 소식을 들었을 때 무
척 기대를 했었다. 과연 이게 어떻게 시각화될까 궁금했다. 일
단 원작이 재밌었고 무엇보다 리안이라면 뭔가 다를 거라는
확신이 들었다. 2013년 초, 마침내 극장에서 만난 영화 <라이
프 오브 파이>는 말 그대로 경이롭고 황홀한 영화였다. 물론
아프고 슬픈 영화이기도 했고, 소설과는 또 상당히 다른 작품
으로 다가왔다.

물론 영화가 말하고자 하는 여러 가지 것들, 예컨대 믿음
과 구원에 대한 질문, 인간과 종교, 세상에 대한 존재론적 성
찰이 인상적이지만, 나는 개인적으로 그런 것들보다 영화라

는 매체가 전해주는 시각적 이미지가 참 인상적이었다. 관객을 압도하는 시각적 황홀경, 영화는 빛의 예술이라는 것을 새삼 또 느끼게 해주는 영화였다. 그래서 이 영화는 극장에 가서 큰 화면으로 봐야 그 진가를 제대로 느낄 수 있는 것이다. 시시각각 변하는 바다의 빛깔, 분위기, 밤하늘의 별, 유영하는 물고기들, 고래상어가 바다 위로 솟구치는 모습, 날치떼의 습격 등등 인상적인 장면이 너무나 많다. 물론 호랑이 리처드 파커와의 동행, 그들의 교감에 대해서도 여러 감정이 들었다. 마지막 장면, 우여곡절 끝 드디어 육지에 도착한 두 주인공이 헤어지는 장면, 무심하게 떠나가는 리차드 파커를 보고 엉엉 우는 주인공을 보면서 나도 모르게 눈시울이 뜨거워졌다.

가끔 사는 게 밋밋하고 지리멸렬하다고 느낄 때가 있다. 특히 예상치 못한 좌절이나 슬픔과 마주쳤을 때는 더더욱 그렇다. 그럴 때면 리안의 영화와 다시 만나보는 것도 하나의 방법이 될 수 있을 것 같다. 이 영화 <라이프 오브 파이>도 역시 그렇다. 다시 마음은 뜨거워질 것이며 희망을 찾고 싶어질 것이다. 그래서 나는 종종 수업 시간에 학생들과 리안의 영화를 본다.

Scene 55. 〈토요일 밤의 열기〉

70년대 미국 청춘

존 바담 감독 | 존 트라볼타 외 | 1978년

지난 1년 동안 텔레비전을 통해 70년대의 명작 <토요일 밤의 열기>를 두 번씩이나 보게 됐다. 한 번은 EBS에서, 또 한 번은 OBS에서 방영한 것 같다. 다시 봐도 좋은 영화, 재밌는 영화라는 생각이 든다. 영화가 1978년도 영화니, 거의 50년 전 영화다. 그런데도 신기하게도 촌스럽다거나 올드하다는 느낌이 없다. 존 트라볼타의 풋풋하고 패기 있는 모습과 하늘을 자유자재로 찌르는 디스코 특유의 활발함, 그리고 우리의 귀에도 익숙한 비지스의 음악들이 잘 어우러져 재밌고 감동적이다. 영화는 종합예술이라는 게 새삼 잘 느껴지는 영화라고 할까. 게다가 영화는 70년대 미국 서민 가족의 삶과 청춘들의 고민과 꿈, 우정을 엿볼 수 있어 흥미롭다. 존 트라볼타는 이 영화로 세계적 스타로 발돋움하였고 이어서 <그리스>에서도 비슷한 역을 맡으며 큰 인기를 끌었던 바, 말 그대로 70년대를 대표하는 청춘의 한 이미지로 시대를 풍미했다.

이제 갓 스물의 토니는 훤칠한 외모와 뛰어난 댄스 실력을 가지고 있다. 죽이 잘 맞는 친구들도 있고 이성에게 인기도 많다. 더 높게 비상하고 싶은 토니지만, 가정 형편이 어려워 도움을 보태기 위해 페인트 가게에서 일을 해야 한다. 딱히 미래가 보이지 않는다. 그래도 주말에 클럽에 가면 모든 고민을 잊고 좋아하는 춤을 마음껏 추면서 행복을 느낀다.

마침 디스코 경연 대회가 다가오고 토니는 열심히 준비한다. 집안의 기대주였던 형은 부모가 원하는 신부를 그만두고 자신의 길을 가려 하고, 같이 어울리던 친구 중 한 명은 다리 위에서 뛰어내리는 극단적 선택을 한다. 함께 경연을 준비하던 파트너와는 이런저런 감정적 갈등을 겪기도 한다. 그래도 토니는 긍정적으로 현실과 마주하고 자신의 미래를 위해 많은 노력을 한다.

이번에 다시 보면서 발견한 재밌는 대목 하나, 스무 살 토니의 방엔 그가 좋아하는 여러 스타들의 브로마이드가 걸려 있는데, 당시 시대상을 잘 읽을 수 있다. <록키>의 실베스터 스탤론, 그리고 <대부>의 알 파치노, <원더우먼>의 브로마이드, 그리고 흥미롭게도 이소룡의 브로마이드가 방 안에 걸려 있다. 모두 70년대를 풍미한 쟁쟁한 스타들이다.

Scene 56. 〈아마데우스〉

모차르트를 만나다

말로스 포만 감독 | 톰 헐스 외 | 1986년

인생은 영화처럼, 영화는 인생처럼

얼마 전 미국의 원로 감독 말로스 포만 감독의 별세 소식
이 있었다. 그는 <뻐꾸기 둥지 위로 날아간 새>, <아마데우스
>를 연출한 감독이다. 소식을 듣는 순간, 영화 <아마데우스>
의 몇몇 장면이 스쳐 지나갔다.

<아마데우스>는 중학교 때 단체 관람으로 본 기억이 난다.
정확한지는 모르겠지만 1985년의 어느 날이었던 것 같다. 당
시 나는 중학교 1학년이었다. 80, 90년대에 중고등학교 학창
시절을 보낸 분들이라면 단체 관람의 추억들을 다 가지고 있
을 것이다. 단체 관람, 지금 세대는 잘 모르겠지만 우리 학창
시절의 즐거운 추억 중 하나다. 지금처럼 다양한 문화 활동을
즐길 여건이 못 되던 그 시절, 학교 단체 영화 관람은 학창 시
절 손꼽는 즐거운 문화 체험이자 친구들과 함께한 잊지 못할
추억인 것이다.

일단 우리가 음악 시간에 배우는 천재 음악가 모차르트에
관한 이야기인 만큼, 상상으로만 가늠해 보던 인물을 영화를
통해 만난다는 것이 흥미로웠다. 더욱 흥미로웠던 것은 단순히
모차르트만을 따라가는 것이 아니라, 그를 시기 질투하고 또
동경했던 라이벌, 살리에리의 이야기도 함께 다루고 있다는

점이다. 이것이 이 영화를 더욱 입체적이고 풍성하게 만들어 준 것 같다. 그리고, 중간중간 만나는 모차르트의 음악들. 어떤 것은 익숙하고 또 어떤 음악은 생소하다. 3시간에 이르는 러닝타임이 지루한 줄 모르고 푹 빠져서 봤던 기억이 난다.

지금 다시 봐도 좋은 영화임에 분명하다. 명작은 시간을 초월한다. 모차르트의 음악이 영원하듯, 그의 이야기를 담은 영화 <아마데우스>도 역사에 남을 것이다. 감독의 명복을 빈다.

Scene 57. 〈시스터 액트〉

유쾌한 소동극

에밀 아돌리노 감독 | 우피 골드버그 외 | 1992년

최근 주말 EBS에서 <시스터 액트>를 방영하였다. 우연히 채널을 돌리다 반가워서 멈추었고, 오랜만에 다시 영화를 보았다. <시스터 액트>, 유쾌함 속으로 스며드는 잔잔한 감동, 뭐 이런 정도로 정리할 수 있는 영화다.

우피 골드버그의 빼어난 코믹 연기가 빛을 발하고 영화 속 음악도 익숙하고 귀에 쏙쏙 박힌다. 개봉 당시에도 즐겁게 봤고, 지금 다시 봐도 유쾌하고 좋다. 우피의 쉴 새 없이 터지는 입담, 풍부한 표정, 그리고 남의 이야기를 귀담아들어 줄 줄 아는 휴머니즘, 카지노 가수와 수녀원의 만남, 이 자체가 신선하고 코믹하다. 우피는 딱딱하고 근엄한 수녀원의 분위기를 점차 활기 있고 사랑스럽게 바꿔놓는다. 멋진 노래와 춤은 보는 이를 흥겹게 만든다.

그러고 보면 우피 골드버그는 이 영화 이전 <사랑과 영혼>에서도 인간미 넘치는 배역으로 인기를 끌었다. <시스터 액트>는 그녀의 장점이 십분 발휘된 영화가 아닌가 싶다. 영화의 성공에 힘입어 속편도 만들어졌다. 이때가 1992~1993년 즈음이다. 내가 막 스무 살이 되었던 때인데, 바로 엊그제 같기도 하다.

<시스터 액트>는 시간이 지나도 회자되는 좋은 코미디 영화인데 최근에는 뮤지컬로도 제작되어 인기를 끄는 모양이다. 왜 아니겠는가. 재밌는 소재에 멋진 연기, 노래가 더해지니 시간이 지나도 계속 사랑을 받게 되는 것 같다. 충분히 공감하고 지지한다. <시스터 액트>, 내 청춘의 한 페이지를 유쾌하게 만들어 준 영화임에 틀림없다.

Scene 58. 〈라라랜드〉

달콤쌉쌀한 인생의 맛

데이미언 셔젤 감독 | 엠마 스톤, 라이언 고슬링 외 | 2016년

인생은 영화처럼, 영화는 인생처럼

마흔 넘어 오십에 이르자, 영화를 무척 좋아하는 나 역시도 극장에 잘 안 가게 되는 것 같다. 자연스러운 현상인 것도 같지만 극장 가기의 즐거움을 좀 잃어버린 것 같아 못내 아쉽기도 하다. 물론 그렇다고 해서 전혀 안 가는 것은 아니다. 가끔 "저 영화는 꼭 극장에 가서 봐야겠다"라는 생각이 들 때도 있고, 그냥 또 우연찮게 극장을 찾게 되는 날도 가끔은 생기는 것 같다. 내게 큰 울림을 준 영화들을 다시 돌아보니 대개 10대와 20, 30대의 영화들이 주류를 이룬다. 극장에도 잘 안 가지만 또 가서 본 영화 중에 가슴을 막 뒤흔드는 영화가 별로 없는 것 같다.

근래에 본 영화 중에 재미와 감동을 느낀 영화를 꼽으라면 주저 없이 이 영화 <라라랜드>를 들겠다. 사실 제목도 그렇고 그냥 가벼운 영화겠거니 생각했는데, 뜻밖에도 두고두고 기억날 울림 있는 영화였다. 예상 외의 한 방이 있는 영화라고 할까. 언뜻 평범한 사랑 영화, 요컨대 사랑했던 연인의 안타까운 엇갈림, 이별을 담은 영화 같지만 결코 사랑에 그치지 않는다. 인생의 면면을 유려하게 펼쳐보인다고 할까, 그래서 <라라랜드>는 스펙트럼이 꽤 넓은 영화라고 할 수 있을 것 같다. 꿈꾸는 이들에게 용기와 위로를 주는 면도 있고, 인생이란 게 그리 호락호락한 게 아니라는 말을 하고 있는 것 같기도 하다. 맛으로 비유하자면 달콤쌉쌀한 맛이라고 할까.

유쾌하고 활기찬 음악과 춤, 그리고 달달한 러브 송, 왠지 모르게 처연한 장면과 분위기. <라라랜드>는 한 편의 세련된 음악 영화, 뮤지컬 영화이기도 하다. 영화를 채워나가는 배우들의 매력도 상당하다. 엠마 스톤, 라이언 고슬링의 연기 앙상블도 참 좋았다. 특히 춤을 추며 밤하늘을 나는 듯한 장면은 퍽이나 낭만적이었다. 우리가 영화관을 비유적으로 꿈의 궁전이라고 표현한다면, 그 장면이야말로 그런 표현에 잘 들어맞는 장면이 아니었을까 싶다. 그 장면을 보면서 어린 시절 본, ET와 주인공이 자전거를 타고 하늘을 나는 장면이 떠오르기도 했다. 자, 그리고 익숙한 구조를 가진 마지막 장면, 즉 헤어진 연인을 오랜 시간 뒤에 우연히 조우하는 장면. 역시나 이번에도 어김없이 가슴을 쿵하고 친다. 그리고 엠마 스톤의 눈빛, 여러 가지 복합적인 감정을 머금은 그 눈빛이 오래 기억에 남는다. <라라랜드>가 꿈에 관한, 성공, 행복을 꿈꾸는 젊은이의 이야기라고 봤을 때, 두 사람은 과연 원하는 꿈을 이룬 것일까? 행복을 찾은 것일까?

Scene 59. 〈셰이프 오브 워터〉

순수와 낭만을 잃지 마라

기예르모 델 토로 감독 | 샐리 호킨스 외 | 2018년

예전처럼 극장을 자주 찾지는 않게 되었어도, 어쨌거나 매년 봄 아카데미 영화제 소식은 좀 챙겨보려 하는 편이다. 최근에는 새로 나오는 영화들을 잘 안 보지만, 그래도 영화를 좋아하는 이로서 한 해 동안 화제가 되었고 또 작품성을 인정받은 영화들이 뭔가 궁금하긴 하다. 당장은 아니라도 기억해두었다가 나중에라도 챙겨봐야겠다는 생각도 해본다. 물론 실천에 옮기는 경우는 드물지만 말이다. 어쨌든 그렇게 알게 된 영화 <셰이프 오브 워터>는 처음부터 호기심을 자극했다. 제목도 좀 특이하고, 감독도 익숙한 할리우드 쪽 사람이 아닌 것 같고, 배우들도 좀 생소했다. 그런데 과연 어떤 점이 좋아서 최고상을 거머쥔 것일까.

그런 호기심과 긴가민가함을 가지고 본 영화 <셰이프 오브 워터>는 뜻밖에도 가슴을 세게 건드리는 영화였다. 괴생명체와의 사랑이라니, 보기에 따라선 좀 기이한, 그로테스크한 영화라고 할 수도 있을 텐데 실제로 영화를 보면 전혀 그런 생각이 들지 않는다. 오히려 지고지순한 순도 높은 사랑 영화라는 생각이 든다. 현대인들이 잃고 사는 순수와 낭만을 상기시키는, 어른들을 위한 동화 같다는 생각도 들었다.

우선 주인공이 살고 있는 시공간이 흥미롭다. 1960년대, 나라 간 과학 개발, 특히 우주 경쟁이 치열한 시대. 뭔가 비밀스러운 실험이 행해지는 실험실에 어느 날 괴생명체가 들어온다. 그곳에서 청소부로 일하는 언어장애인 여주인공이 그와 감정적으로 교감하고 사랑에 빠진다는 설정이 비현실적이기도 하지만, 앞서도 말했듯이 영화를 따라가다 보면 전혀 이상하게 느껴지지 않는다. 그들 주위의 여러 인물들의 면면도 재미있다. 괴생명체에게 특별한 능력이 있다는 걸 알아챈 과학자, 그를 우주 개발에 이용하려는 정부 요원, 흑인이라는 이유로 차별받는 주인공의 동료, 여주인공을 이해하고 친구가 되어주는 가난한 화가 등 다양한 주변 인물들이 등장하여 이야기에 가지를 친다. 특히 여주인공을 포함해 많은 인물들이 차별받는 비주류, 소수자들이라는 점이 눈에 띈다.

감독 기예르모 델 토로가 선사하는 유려하고 아름다운 영상미가 일품이다. 빛과 어둠을 적절히 활용하여 인물들의 심리와 전체적인 분위기를 디테일하게 표현하고 있고, 특히 물이 갖는 여러 가지 이미지와 질감을 잘 표현하여 영화를 더욱 깊이 있고 다채롭게 만들고 있다. 주인공 엘라이자가 좋아하는 음악을 틀어주고 괴생명체가 그에 맞춰 물속에서 춤을 추는 모습이 참 좋았고 기억에 남는다. 소외되고 외로운 이들의 교감, 사람이란 모든 걸 초월할 수 있다는 걸 새삼 확인시켜 주기도 한다. 여러 가지 생각거리를 던져주는 독특한 영화 <셰이프 오브 워터>를 강추한다.

Scene 60. 〈캐롤〉

묵직한 한 방

토드 헤인즈 감독 | 케이트 윈슬렛 외 | 2016년

<캐롤>은 1950년대 뉴욕을 배경으로 두 여인의 사랑을 담아낸 퀴어 영화다. 노련한 케이트 블란쳇과 풋풋한 신예 루니 마나의 연기가 반짝였다. 각자의 인생 연기라고 해도 되지 않을까 싶다. 아무리 부정해도 본능적으로 끌리는 운명의 상대, 그들의 관계가 바로 그러했다.

그때만 해도 동성애가 정신 질환으로 여겨지던 시절, 게다가 각자에겐 남편과 또 남자친구도 있었다. 본인들도 자기가 그런 감정에 빠지리라는 생각을 못 했을 터라 혼란스럽기도 하다. 그러나 만날 사람은 결국 만나게 되는 법. 뉴욕의 크리스마스 시즌, 그녀들은 운명적으로 만난다. 세련되면서도 따뜻한 분위기의 50년대 뉴욕의 정경들이 꽤나 낭만적이고 클래식하다. 게다가 조금씩 마음이 들뜨는 크리스마스 시즌이니 더 그렇게 느껴지는지 모르겠다. 백화점, 호텔, 레스토랑, 새삼 공간이 주는 매력이 잘 드러나는 영화이기도 하다.

백화점 점원과 물건을 사러 온 중년 여성으로서 처음 서로를 접한 그녀들은 첫 만남부터 왠지 모를 끌림을 느끼지만, 그것이 운명적 사랑이 될 것이라고는 생각하지 못했을 것이다. 안정적인 중산층처럼 보인 케이트는 사실 남편과 이혼 소송 중이었고, 남자친구의 구애를 받고 있던 루니는 상대에 대한 확신이 없었다. 케이트가 두고 간 장갑을 매개로 재회하게 된 두 사람은 크리스마스 시즌을 함께 보내게 되고 이내 서로에게 깊이 빠져들게 된다. 케이트의 모습을 카메라에 담는 루니의 눈빛이 굉장이 인상적이었고, 피아노를 치는 루니를 그윽하게 바라보는 케이트의 표정도 압권이었다.

때때로 이성에 대한 평범한 사랑 영화보다 퀴어 영화에서 사랑이라고 하는 감정의 보다 근원적이고 깊은 뭔가를 발견한다. 한층 더 애절하고 안타깝다고 할까. 아무리 호소해도 지지를 받기 힘들고 현실적으로 어려움이 많은, 금기시되는 상황이어서일까. 머리로는 끝내려 해도 결코 그럴 수 없는 운명이라는 것이 더 선명하게 드러나서일까. 돌이켜 보면 중국 영화 <란위>가 그랬고 <자소>가 그러했다. 리안의 <브로크백 마운틴> 또한 그러했다.

돌고 돌아 다시 만난 두 사람, 그녀들은 이제 세상의 편견에서 벗어나 행복하게 함께할 수 있을까. 케이트 블란쳇의 우아한 매력이 돋보이는 동시에 루니 마나의 풋풋하면서도 꼿꼿한 매력이 참 인상적이다. 뉴욕의 겨울을 배경으로 한 영화들이 많은데, 이 영화 <캐롤>도 잊히지 않을 것 같다.

225

Scene 61. 〈플래툰〉

그는 왜 우는가

올리버 스톤 감독 | 찰리 쉰 외 | 1988년

인생은 영화처럼, 영화는 인생처럼

현대사의 아픈 역사였던 베트남 전쟁은 많은 예술 작품들의 소재가 되었고, 할리우드를 비롯한 여러 나라에서 영화로도 만들어진 바 있다. 한국군도 참여했던 만큼 우리나라에서도 영화, 드라마는 물론 소설 등에서 월남전을 많이 다루었다. 그만큼 월남전은 우리에게도 많은 영향을 준 전쟁이다. 개인적으로 20대 시절에 월남전을 다룬 소설을 열심히 찾아 읽고 영화와 드라마도 챙겨 보던 기억이 난다.

<풀 메탈 자켓>, <람보>, <지옥의 묵시록>, <굿모닝 베트남>, <디어 헌터> 등 할리우드에서 만든 수많은 영화와 드라마가 있고 <하얀 전쟁>, <머나먼 쏭바강> 같은 국내 작품들도 있다. 그중에서 나는 이 영화 <플래툰>이 가장 기억에 남는다. 거장 올리버 스톤 감독의 작품인데, 자신이 직접 베트남전에 참전한 경험이 있기에 여러모로 이런 생생한 작품을 만들어 내지 않았나 싶다. 감독은 이후로도 <7월 4일생>, <하늘과 땅>이라는 작품을 만들어 베트남전 3부작을 완성시켰다.

국내에서는 미국 개봉 1년 뒤인 1987년에 개봉되었는데, 그해 국내 흥행 1위를 차지할 만큼 한국에서도 많은 사랑을 받았다. 아카데미에서 작품상과 감독상을 타는 등 흥행과 비평 면에서도 크게 성공을 거둔 영화다. 87년이면 내가 중3이

던 시절인데, 몇몇 장면은 지금까지도 선명하게 기억날 만큼
큰 인상을 받은 작품이다. 애절하면서도 장중한 OST도 오래
기억에 남아있다.

　인상적인 부분, 생각할 거리를 던지는 부분이 많다. 굳이
전쟁에 참전하지 않아도 되는 엘리트 대학생 찰리 쉰이 자원
입대했다는 점, 그가 전쟁이라는 극한의 상황에서 겪게 되는
숱한 모순과 참상, 선과 악으로만 재단할 수 없는 인생의 면
면. 그가 떠나는 헬기 안에서 우는 마지막 모습은 두고두고
잊히지 않는다. 강렬한 인상을 주는 톰 베린저와 그와는 전혀
다른 유형의 윌렘 대포의 대립각도 많은 생각거리를 던진다.
전쟁이란 무엇이며, 인간이란 또 어떤 존재인가를 곱씹게 해
주는 영화다. 잘 만든 전쟁 영화는 단지 총 쏘고 이기고 지는
모습을 보여주는 데 그치지 않는다. 인생에 대해 깊은 성찰을
하게 만든다.

Scene 62. 〈미녀와 야수〉

디즈니, 오 디즈니

게리 트러스데일, 커크 와이즈 감독 | 1992년

디즈니, 어린이들에게 꿈과 낭만, 희망을 주는 영원한 꿈의 공장이고 또한 아이뿐 아니라 어른들에게도 순수와 낭만을 일깨우는 역할을 한다고 할 수 있을 것이다. 나도 디즈니의 만화를 보며 자랐고 내 아이, 조카들도 그랬다. 앞으로의 어린이들도 그러할 것이다.

어린 시절 텔레비전에서 보던 디즈니 만화를 넘어, 극장에 가서 세련되게 잘 가공된 디즈니 애니매이션을 보고 즐거워하던 때가 있었다. 때는 90년대 초중반, <인어공주>, <미녀와 야수>, <알라딘>, <라이언 킹> 정도까지 푹 빠져서 본 기억이 난다. 90년대 후반의 <뮬란>도 물론 재밌게 보았다. 지금은 그때보다 훨씬 더 발전된 기술력으로 감탄을 자아내는 애니메이션 영화들이 많은데, 열거한 영화들도 당시엔 신기할 정도로 대단한 작품들이었다.

그중에서도 한 작품을 꼽으라면 나는 <미녀와 야수>다. 몇 년 전부터 디즈니에서는 만화를 실사화하는 작업을 하고 있다. 나도 반가운 마음에 몇 편을 극장에 가서 보았는데, 가장 울림이 있었던 게 또 이 <미녀와 야수>였다. 어린 시절 만화책과 동화책, 그리고 텔레비전 만화로 보다가 스무 살 시절 극장판 만화로 또 보았고, 이제 중년이 되어 그것을 실사화한 영화를 본 것이다.

마법에 걸려 야수가 된 왕자와 착하고 아리따운 처자와의 사랑,이라는 스토리 자체가 극적이고 신비로운 데다가 그들을 둘러싼 다양한 인물들의 흥미로운 이야기가 더해져 재미와 감동을 선사한다. 숲속의 성에 혼자 사는 야수, 아버지를 대신하여 성에 갇히는 여주인공 벨. 거칠 것만 같은 야수는 그러나 자신의 운명에 대해 고뇌하며 위기에 처한 벨을 구해주고, 그들에게선 사랑이 싹튼다. 더 늦기 전에 인간으로 돌아갈 수 있을까. 야수에게 걸린 저주의 덫에서 벗어나 새롭게 태어날 수 있을 것인가. 스토리는 흥미진진하게 전개된다. 그리고 그 유명한 주제곡이 적시적소에 울려 퍼진다. 몇 년 전 본 실사판의 재미와 감동이 잊히지 않는다. 근래에 본 영화 중 손가락에 꼽는 영화다.

Scene 63. 〈색, 계〉

욕망 앞에 무너지는 인간들

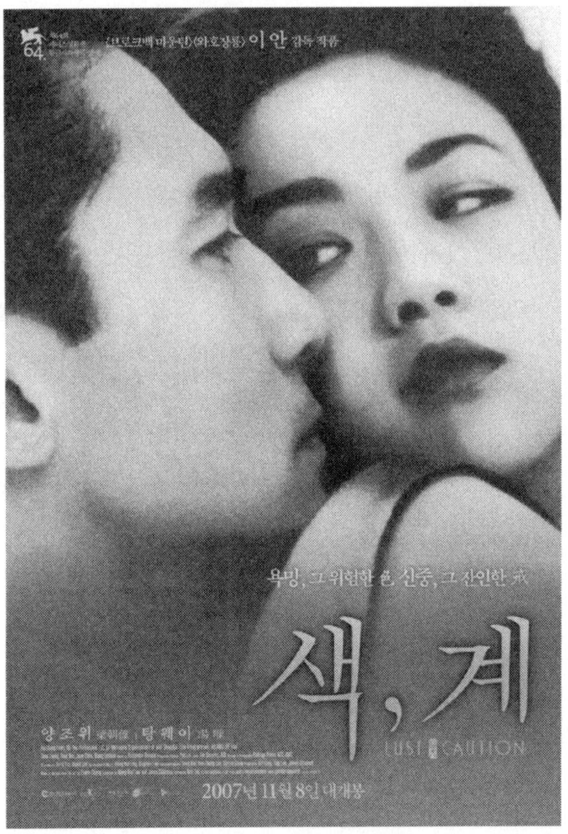

리안 감독 | 탕웨이, 양조위 외 | 2007년

중문학을 전공한 중문학자로서 그동안 참 많은 중국 영화를 보았고 또 그에 대해 써왔다. 중국 영화에 대한 책은 별도로 여러 권을 썼기에 이번 책에서는 가급적 언급을 피하려 했다. 하지만 이미 여러 편을 꼽았다. 그만큼 살면서 울림을 느낀 중국 영화들이 적지 않기 때문이다. 좋아하는 감독, 배우들이 정말 수두룩해서 쓰기 시작하면 끝없이 이어질 것 같기도 하다. 그런데 이번 책에서 꼽아보니 유독 리안 감독의 작품들이 줄줄이 소환되는 것 같다.

<색, 계>는 감독 리안의 탁월한 연출이 빛나는 작품이며, 또한 탕웨이, 양조위의 열연도 물론 두고두고 회자되는 영화다. 하지만 내가 <색, 계>를 내 인생의 영화로 꼽은 이유는 그보다도 원작자 장아이링과 영화의 배경이 되는 상하이 때문이다. 상하이는 내가 3년여간 박사과정을 밟았던 곳이라 깊은 애정을 가지고 있고, 아시아에서 가장 크고 번화했던 40년대 상하이를 정교하게 담아낸 작가가 바로 장아이링이다. 그런 연유로 나는 상하이에 대해 두 권의 책을 썼고, 장아이링의 에세이를 두 권의 책으로 번역한 바 있다.

「색, 계」는 장아이링이 실화를 바탕으로 자신의 상상력을 더해 만든 짧은 단편소설이다. 극히 예민하고 복잡한 내면의

소유자이며 천재적 기질이 농후한 장아이링의 소설은 여러 차례 영화화, 드라마화되었지만 성공적인 사례가 드문 데다가 영상화하기가 극히 어렵다고 정평이 나있었다. 그러나 리안이 누군가. 일급 감독답게 역시 리안이 만들면 다르다라는 것을 <색, 계>를 통해 입증해 내고 있다.

영화의 스토리나 배우들의 열연과 매력에 대해서는 기왕에 수많은 말들이 있으니 생략한다. 처음 극장에서 <색, 계>를 보고 느낀 것은 인생이란 게 참 허망한 거 같다는 점, 그리고 전체적으로 뭔가 뜨거우면서도 서늘한 기운이었다. 그리고 양조위의 형형한 눈빛이 기억에 남았다. 대배우 양조위에 전혀 밀리지 않는 신예 탕웨이 역시 인상적이었음은 두말할 나위가 없다.

Scene 64. 〈하이 눈〉

서부영화의 걸작

프레드 진네만 감독 | 게리 쿠퍼 외 | 1952년

서부영화 명작에 당당히 한 자리를 차지하는 영화, 이제는 거의 고전이라고 할 수 있는 영화 중 하나, 바로 1952년 작 <하이 눈>이다. 전설적인 배우 게리 쿠퍼와 그레이스 켈리를 만나볼 수 있는 영화, 어린 시절 텔레비전을 통해 여러 번 본 적 있는 영화, 볼 때마다 멋지다라는 생각을 하게 한 영화다. 개인적으로 서부영화 중 세 손가락 안에 꼽는 영화다.

'하이 눈'이라는 제목부터 평범치 않다. 제목이 중의적인데, 시간적으로 태양이 솟는 정오라는 의미와 결정적 순간이라는 의미를 동시에 지니고 있다. 긴장감을 잘 살리는 흥미로운 제목이다. 스토리 또한 흥미진진하다. 보안관직을 마치고 막 결혼식을 올리며 새로운 삶을 준비하는 주인공 케인, 그런데 바로 그때 5년 전 자신이 잡아넣은 악당이 감옥에서 풀려나 부하들과 복수를 하기 위해 마을로 찾아온다는 소식이 전해진다. 그들이 탄 기차가 마을 역에 도착하는 시간이 바로 정오다. 후임 보안관은 아직 도착하지 않았다. 마을 사람들은 신부를 생각해서 빨리 떠나라고 등을 떠밀고, 신부 역시 갓 결혼한 남편이 사건에 휘말리는 것을 원치 않는 것은 뻔한 일이다. 자, 이제 케인은 어쩔 것인가.

<하이 눈>은 몇 가지 면에서 인상적이다. 첫째, 주인공이 완벽한 영웅이 아니라는 점이다. 평범한 일반인들과 마찬가지로 겁에 질려 두려움에 떨기도 하고 자신의 처지에 낙담하는 등 영화는 일반인과 다를 바 없는 주인공의 내면을 디테일하게 보여준다. 둘째, 우여곡절 끝에 악당을 처단한 주인공이 갈채를 보내는 마을 사람들을 더 이상 돕지 않고 차갑게 떠나간다는 점 또한 인상적이다. 대중들은 처음엔 도움을 요청하는 주인공을 거절하고 외면하고 심지어 배반을 하기도 한 인물들이다. 주인공 케인이 땅바닥에 보안관 뱃지를 집어던지는 장면은 묘한 쾌감을 준다. 요컨대 <하이 눈>은 용감하고 정의감에 불타는 낭만적 인물이 아니라 고립되고 낙오된 주인공의 고군분투를 보여준다는 점에서 상당히 인상적이다. 이처럼 영화 <하이 눈>은 이전의 서부극들과 확실한 선을 그으며 자신만의 인장을 강하게 새겨넣고, 후대의 많은 영화들에 큰 영향을 주었다. 서부극은 물론이고 느와르, 갱스터, 스릴러 영화에도 영향을 끼쳤다.

전직 보안관 케인 역을 맡은 게리 쿠퍼는 인상적인 연기에 값하여 아카데미 남우 주연상을 수상했다. <하이 눈> 속 주인

공이 반영웅, 탈영웅적 인물이라지만 내 어린 시절 소년들에

겐 텔레비전 속 게리 쿠퍼가 무척이나 멋진 주인공으로 비쳤

던 것이다. 지금 중년이 되어 다시 봐도 게리 쿠퍼는 역시 멋

지고 그레이스 켈리는 눈부시다.

Scene 65. 〈독비도〉

외팔이, 아시아를 흔들다

장철 감독 | 왕우 외 | 1967년

할리우드에서 50년대에서 70년대까지 서부영화가 큰 인기를 끌며 유행했다면, 아시아에서는 무협 영화가 그에 필적할 인기를 끌었다. 1960년과 1970년대, 홍콩과 대만이 주도한 무협 영화의 열기는 아시아 전역에서 큰 사랑을 받았고, 그런 무협 영화를 제작하고 출연한 제작사와 감독, 주연 배우들은 화제를 낳으며 톱스타로서 큰 인기를 끌었다. 아시아 최고의 영화 제작사 쇼브라더스, 장철, 호금전, 이한상 등 기라성 같은 감독들, 그리고 왕우, 강대위, 적룡, 나열, 정패패 등의 주연 배우들이 정말 한 시대를 풍미했다.

그중 홍콩 영화 사상 첫 100만 달러를 돌파하며 엄청난 화제와 흥행을 기록하고 이후 무협 영화에 큰 영향을 끼친 1967년 작 <독비도>를 한번 언급하고자 한다. 감독 장철과 주연 왕우를 그야말로 초특급 스타로 만든 영화이고, 이전까지의 무협 영화와는 완전히 다른 스타일을 내세우며 큰 획을 그은 기념비적인 작품이라 하겠다. <독비도>는 중화권을 넘어 아시아 전역에서 큰 인기를 끌었고, 우리 한국에서도 <의리의 사나이 외팔이>라는 제목으로 개봉되어 흥행에 성공하고 큰 화제를 낳았다. 한번 터지면 시리즈로 이어지는 홍콩 영화의 특성은 어김없이 계속 <독비도>의 후속작을 낳았다. 워낙 유명했던 캐릭터라 외팔이 시리즈는 대체로 흥행에 성공했다.

나는 대략 90년대에 본격적으로 무협 영화를 접했다. 서극, 정소동의 무협 영화에 감탄했고, <신용문객잔>, <자객신전>, <황비홍>, <풍운> 등의 영화들을 인상적으로 보았다. 이후 공부 삼아 60, 70년대의 무협 화제작들을 차례로 접하게 되면서 중국 무협 영화에 대해 나름대로 견해를 갖게 되었다. 그 시기 많은 무협 영화 중 가장 인상적으로 본 영화는 역시 이 <독비도>였다.

군더더기 없는 빠른 스토리 전개, 시련에 처한 주인공이 각고의 노력 끝에 최고의 고수가 되고 복수를 완성한다는 전형적인 영웅 스토리지만, 결국 그 역시 부질없다는 메시지, 무엇보다 이전의 무협 영화에선 볼 수 없었던 빠르고 강렬한 액션과 특유의 비장미까지 남성미 넘치는 무협 영화의 매력을 제대로 극대화한 작품이라 하겠다. 지금의 기준으로 보면 좀 엉성해 보이는 액션이지만, 당시로서는 말 그대로 획기적인 액션 설계였을 것이다. 나 역시 이 영화를 당대 최고의 무협 영화로 꼽는 것에 적극 동의하는 바이다. 영화 속에서 남성미와 비장미를 제대로 보여준 왕우의 인기는 천정부지로 솟았고 팬들은 그에게 천황거성이라는 빛나는 호칭을 붙여주었다.

중국 무협 영화를 체계적으로 보려는 이라면 반드시 이 영화

<독비도>를 보아야 할 것이다.

Scene 66. 〈리스본행 야간열차〉

생의 한가운데서

빌 어거스트 감독 | 제레미 아이언스 외 | 2014년

얼마 전 한 기획전에서 우연히 보게 된 영화 <리스본행 야
간열차>에서 묘한 감동을 받았다. 영화에 대한 별 정보도 없
이, 그리하여 별 기대 없이 본 영화였는데, 뜻밖에도 오랜만에
가슴을 쿵 치는 울림을 느꼈다. 앞서도 말했듯이 살아오면서
영화를 꽤나 좋아한다고 자부했지만 중년이 되고 나서는 개
봉작에 별 관심을 안 갖는 경우가 많고, 봐도 별 감흥이 없는
경우가 대다수다. 그러던 차에 오랜만에 느껴보는 감정이라
좀 신기하기도 했다.

처음 이 영화가 내 발길을 이끈 가장 큰 요인은 역시 주연
배우가 제레미 아이언스라는 점이었다. 지적이고 우아한 매
력을 지닌 영국 배우, <미션>, <다이하드> 등의 영화에서 그
가 보여 준 인상적인 연기를 기억한다. 그 이후 거의 잊다시
피 한 그 제레미 아이언스를, 그윽하게 나이가 든 그를 다시
스크린에서 보게 될 줄 몰랐다.

동명의 소설을 옮긴 영화다. 그러고 보니 요즘은 영화뿐 아
니라 소설도 거의 읽지 않는데, 영화를 인상 깊게 본 터라 소
설도 한번 읽고 싶다는 생각이 든다. 스위스의 한 대학에서
고전을 가르치는 제레미 아이언스는 어느 날 우연히 다리에

서 투신하려던 젊은 여성을 구하게 되는데, 그 여성이 두고 간 외투와 책이 제레미 아이언스를 새로운 세계로 이끈다. 그 책 속에 리스본행 야간열차 표가 꽂혀있었고, 제레미는 무언가에 홀린 듯 그 열차에 올라탄다. 기차 안에서 펼쳐본 책, 그 책의 내용에 점점 빠져들고 책의 저자를 찾아가면서 놀랄 만한 새로운 이야기가 전개된다. 말하자면 액자 구성을 띠고 있는 작품으로, 젊은 날 뜨겁고 충만한 삶을 산 책의 저자의 이야기를 따라가면서 우리네 인생의 여러 면면을 펼쳐보인다.

젊은 날, 자신의 신념을 위해 모든 걸 거는 청춘들, 우정과 사랑, 이별, 방황, 그리고 상처, 회한과 그리움, 그리고 무정하게 흘러가는 세월, 영화 <리스본행 야간열차>는 그 절절한 이야기를 따라가는 주인공 제레미 아이언스의 모습을 통해 우리네 인생을 다시 한번 되돌아보게 하는 힘을 가지고 있다. 감독 빌 어거스트는 칸 영화제에서 황금종려상을 두 번이나 수상한 덴마크의 거장 감독이다. 조만간 그의 다른 작품들을 찾아봐야겠다.

Scene 67. 〈방랑자〉

그대는 왜 방랑의 길을 떠나는가

아네스 바르다 감독 | 상드린 보네르 외 | 1985년

프랑스 영화의 저력을 무시 못 한다. 영화라는 이 매력적인 매체를 탄생시킨 나라여서 그런 것일까. 쟁쟁한 감독들과 명작들이 즐비하다. 그중에서 여성 감독 아네스 바르다 역시 절대 빠질 수 없을 것이다. 사실 프랑스에서조차도 영화계는 여성이 성공하기 무척 어려운 직업군이었던 것 같다. 동료 남성 감독들이 세계적 명성을 얻을 때 아네스 바르다는 뛰어난 작품을 연이어 선보였음에도 불구하고 별로 알려지지 못했다. 천천히 차차, 말년에 가서야 세계적 거장으로 인정받았다고 할 수 있다. 작품 경력으로 보나, 작품 수로 보나, 또 작품의 수준으로 보나 아네스 바르다는 여성 감독으로서 세계 최고 수준이고, 그런 성별의 구분 없이 그냥 세계적 거장의 반열에 올랐다는 것에 이의를 다는 이는 없을 것이다. 나는 중년이 되어서야 겨우 아네스 바르다의 명성에 대해 알게 되었고, 몇 작품만을 본 상태지만 왜 그녀가 세계적 거장인지 120% 공감할 수 있었다.

1985년 작 <방랑자>는 지금 봐도 충격이다. 꽁꽁 얼어붙은 겨울 아침, 한 시골 마을의 수로변에서 젊은 여성이 시체로 발견된다. 이제 영화는 이 여성이 어떻게 죽음에 이르게 되었는지의 여정을 보여준다. 그 방랑의 여정에서 우연히 스쳐 지났던 여러 사람들의 인터뷰 형식을 통해 주인공 모나를 따라간다. 그녀는 왜 추운 겨울에 방랑을 하는가. 왜 주위의 권고를 따르지 않고 그 위태위태하고 험난한 생활을 이어가는가. 그렇다고 영화 속 주인공이 결코 불쌍하거나 한심해 보이는 건 아니다. 모나의 방랑은 철저하게 스스로 선택한 자유 의지이고, 그것은 주눅들거나 눈치보지 않는다. 다만 좀 위태로워 보이고 안타까운 지점이 있다. 그냥 추위에 이리저리 걷다가 돌부리에 넘어져 죽음을 맞는 장면은 무척 당혹스럽다. 영화는 42회 베니스 영화제에서 황금사자상을 수상하며 강렬한 인상과 함께 그 수준을 인정받았다. 말이 필요없다. 한번 보시라. 그리고 우리네 삶에 대해 한번 생각해 보시라.

Scene 68. 〈멜랑콜리아〉

불완전한 모든 것에 대하여

라스 폰 트리에 감독 | 커스틴 던스트 외 | 2011년

2011년 칸영화제 그랑프리인 황금종려상을 수상한 <멜랑콜리아>는 굉장히 독특한 영화다. 행성이 지구와 부딪혀 세상이 멸망한다는 설정, 지독한 우울증으로 인해 사랑도 일도 제대로 지속할 수 없는 주인공과 모든 조건을 다 갖추고 아주 만족스러운 삶을 영위하는 언니와의 대비, 그러나 상황이 역전되는 결말까지. 아주 생소하면서도 독특한 작품이었다. 오프닝도 독특하고 엔딩은 뭐랄까 다소 당혹스럽다고 할까.

<멜랑콜리아>는 결코 재난 영화가 아니다. 인물의 내면을 따라가는 영화라는 면에서 감정과 표정에 집중한다. 스토리나 논리는 그래서 별 중요한 의미를 갖지 않는 것 같다. 이 영화를 두고 우울증 영화라고 말하는 것이 무언지 알 것 같다. 영화는 1, 2부로 나뉘어 있는데, 1부는 동생 저스틴, 2부는 언니 클레어의 이름을 붙였다. 따로 또 같이라는 표현이 있듯이 두 자매는 서로가 서로를 비추는 거울과도 같은 존재다. 동시에 두 사람은 각자 다른 세계에 살고 있기에 서로가 서로를 이해하지 못한다. 죽음을 마주하는 태도 역시 완전 다르다.

두세 번은 봐야 전체가 좀 이해될 영화인 것 같다. 독특한

구성, 과감한 색채, 그리고 주제를 아우르는 음악, 한 번 봐서
는 그것들이 제대로 파악되지 않는다. 영화라는 매체가 새삼
꽤 복합적인 종합예술이라는 것을 상기시켜 주는 작품이고,
꽤 도전적인 질문을 던지고 그것을 이리저리 펼쳐보이는 예
술이라는 것도 느끼게 해주는 작품이다.

Scene 69. 〈하얀 전쟁〉

전쟁의 깊은 상흔, 그는 어디로 가야 하는가

정지영 감독 | 안성기, 이경영 외 | 1992년

80년대 말, 그리고 90년대 초, 그러니까 스무 살 전후에 월남전 소재의 소설을 집중적으로 읽은 적이 있다. 당시는 여전히 전 세계에 월남전에 대한 영향과 관심이 꽤 있던 시절이라 그런지 관련 소재를 다루는 소설과 영화, 드라마 등이 꽤 있었다. 요컨대 전쟁이라는 극한 상황에 내몰린 인간들의 다양한 이야기가 감수성 예민한 나이에 강한 자극을 주었던 것 같다. 그중 안정효의 『하얀 전쟁』도 인상적으로 읽은 소설이었다. 작가 자신의 경험이 투영되었다는 점에서도 그렇고, 그 소설이 미국에도 출판되어 화제를 끌었다는 점도 호기심을 강하게 자극했다.

몇 년 뒤 동명의 소설이 영화로 제작되어 개봉하게 되었고, 나는 당연히 관심을 가지고 극장을 찾았다. 사회파 감독인 정지영 감독, 당대 최고의 배우 안성기, 이경영, 심혜진 주연에 허준호, 독고영재, 김보성 등 좋은 배우들이 대거 참여한 영화였다. 당시로서는 엄청난 대작이었을 것이다. 할리우드 영화 못지않은 전투 장면에 팽팽한 긴장감, 캐릭터가 살아있는 배우들의 열연이 조화를 이루며 멋진 영화로 탄생되었다.

영화를 극장에서 본 지 30여 년이 지난 2025년 6월, 한 기획전을 통해 영화 <하얀 전쟁>을 다시 볼 수 있었다. 다시 봐도 역시 좋았고, 새롭게 발견되는 장면들이 곳곳에 있었다. 안성기와 이경영의 연기력이 뛰어나다는 점을 새삼 느꼈고, 젊은 시절 심혜진의 미모가 정말 눈부셨다는 점도 다시 한번 거론하고 싶다. 지금도 현역으로 누구 못지않게 열정적으로 작품 활동을 하는 정지영 감독에게도 경의를 표한다. 한 가지만 더, 최근의 베트남은 우리에게 멋진 휴양지로, 또 매력적인 투자지로 인식되고 있다는 것이 참으로 격세지감을 느끼게 한다.

2부

나의 사랑, 나의 시네마

Take 1. 영화와 나

#1. 극장과 영화에 대한 아련한 옛 기억

앞서 1부에서 내 인생의 영화들을 꼽아봤는데, 많은 이들이 그렇듯 나도 어린 소년 시절부터 영화 보기를 즐겨했다. 꼬마 시절, 근처에 사는 사촌 형들과 영화를 보러 간 기억이 흐릿하게 남아있는데, 이것이 내 인생 최초로 극장에 가서 영화를 본 기억이다. 아마 70년대 중후반에 상영된 <킹콩>이었던 것 같다. 이후 초등학생이 되고 나서는 동네 친구들과 조금씩 극장에 다니기 시작했다. 두 살 터울의 남동생도 영화를 무척 좋아해서 꼭 데리고 다녔다. 사춘기였던 중고등학교 시절은 더 말할 것도 없다. 친구들과 삼삼오오 극장에 참 많이 다녔다. 그 시절엔 학생 단체 영화 관람이라는 문화가 있었는데 중고등학교 학창 시절 단체 관람한 몇몇 영화들도 정겨운 추억으로 남아있다. <아마데우스>, <킬링 필드>, <베스트 키드> 등의 영화를 보았던 것 같다.

또한 지금은 사라졌지만, 당시에는 동시 상영이란 문화가 있었다. 최신 영화를 거는 개봉관과는 다르게 조금 지난 영화들을 두 개씩 묶어서 보여주는 극장이었다. 재미있는 점은, 동시 상영관에서 두 개의 영화를 걸 때 대개 각각 다른 장르를 선정한다는 것이었다. 아무튼 그렇게 저렴한 가격에 여러 영화들을 이어서 본 기억도 즐거운 기억이다.

중문학을 전공하고 학생들을 가르치고 있는 나는 80년대 중고등학교 때 재밌게 본 홍콩 영화에 대한 기억이 특히나 각별하다. 꼭 그런 것은 아니지만, 중문학을 전공을 하게 된 것도 그런 추억과도 일정 부분 관련이 있는 것 같다. 당시 나는 <영웅본색>, <용호풍운>, <첩혈쌍웅> 같은 느와르 영화에 열광했다. 또한 <천녀유혼>의 왕조현에 홀렸던 기억도 난다. <지존무상>, <정전자> 같은 느와르를 변용한 겜블러 작품도 선명하게 떠오르는 당시 영화들이다. 또한 그와 별개로 늘 친숙했던 성룡의 영화들도 개봉되는 대로 매번 보러 갔던 기억이 난다. 홍콩 영화가 절대다수이긴 했지만 이어서 접한 <붉은

수수밭>, <패왕별희> 같은 본토의 영화들에도 강한 자극을 받았고, <비정성시> 같은 대만 영화들도 차차 접하게 되었다.

지금 와서 돌아보면 음악도 그렇지만, 한창 감수성이 예민했던 중고등학교 시절인 80년대의 영화들에 대한 기억이 가장 강렬하다. 1부에서 꼽은 내 인생 영화들만 봐도 80년대에 본 영화들이 많다. 실제로 80년대는 할리우드, 그리고 홍콩에서도 영화의 황금기를 구가하던 시절이었으니 좋은 영화들이 참 많이도 나왔던 것 같다.

#2. 사춘기 시절

그러니까 나의 유소년 시절, 즉 초등학교 시절, 극장에 가서 본 영화라면 <킹콩>과 <ET> 정도가 기억에 강하게 남아 있다. 군대 휴가 나온 사촌 형이랑 보러 갔던 <007 시리즈>도 어렴풋이 기억난다. 중학교 때부터는 조금 더 자주 극장에 다닌 것 같다. 물론 빠듯한 용돈을 받아쓰는 상황이니 아무 때고 막 가진 못하고, 인기 있는 영화를 골라 가끔씩 보러 갔을 것이다. 친구랑 동시 상영관을 갔던 기억도 난다. 당시 좀 잘사는 친구들 집에는 간혹 비디오 플레이어가 있었다. 그래서 방과 후 친구들과 우루루 몰려가 본 기억이 있다. 예컨대 나는 <영웅본색>을 친구 집에서 비디오로 보았다. 아시아 영화에서 그렇게 총을 마구 쏴대는 것이 과연 가능한가 싶어 좀 놀랐던 기억이 난다. 소년들의 우상인 록키의 최신 시리즈인 <록키 4>도 비디오로 보았다.

한편, 80년대에는 학교 차원에서 실시하는 단체 극장 관람 문화가 있었다. 문화 활동이 척박했던 시절이니 학교 차원에서 학생들에게 문화 함양을 시킨다는 의도도 있었을 것이다. 참으로 즐거웠던 추억으로 남아있다. <아마데우스>, <킬링 필드> 같은 영화들을 단체로 본 기억이 난다.

잠깐 만나던 여학생과 같이 보러 간 영화도 기억에 남아있다. 가령 톰 크루즈와 더스틴 호프만이 형제로 나왔던 <레인맨>을 보러 간 1989년 가을날도 기억나고, 주윤발, 왕조현이 나오는 <대장부 일기>라는 영화를 보러 간 것도 기억난다. 사실 영화의 내용은 다 어렴풋하고 좋아하던 여학생과 같이 있다는 사실에 가슴이 콩닥거리던 기억이 더 또렷이 남아있다.

밤 11시 반까지 야간 자율 학습이 이어지던 지긋지긋한 고등학교 시절, 땡땡이를 치고 시내 극장에 나가 영화를 본 기억도 선명하다. <폭풍의 질주>, <사랑과 영혼>, <정전자> 같은 영화부터 <피고인>, <물의 나라> 같은 미성년자 관람 불가 영화까지 꽤 많은 영화들을 그 시절에 보았다. 물론 모처럼의 휴일날 친구들과 삼삼오오 몰려가 본 영화들도 기억에 남아있다. 가령 <영웅본색 2>, <용호풍운> 같은 홍콩 영화들을 많이 본 것 같다.

#3. 20, 30대 영화 관람기

1990년대와 나의 20대가 겹친다. 답답했던 입시 제도에서 벗어나 대학을 가고 난 뒤, 당연히 좋아하는 영화도 실컷 보러 다녔다. 특히나 데이트 삼아 극장에 참 많이 다녔다. 할리우드 영화, 홍콩 영화, 애니메이션, 프랑스 영화, 일본 영화 등등 다양하게도 보았다. 데이트 말고 친구와 가는 경우도 많았고, 이때부터는 또 혼자서도 영화 보러 많아 다닌 것 같다. 아무도 신경 쓰지 않고 오롯이 영화에 집중하던 시간을 좋아했다. 극장에 가는 길은 언제나 즐겁고 설렜던 기억이다. 1994년 군대에 입대하여 군 생활을 하던 때, 휴가 가면 무슨 영화를 보겠다고 목록을 작성하던 기억도 난다. 당시엔 비디오도 대중화된 시기라 군대 내에서도 비디오를 참 많이 보았다. 군대 내무반에 둘러앉아 영화를 보던 시절, 돌아보니 참 정겨운 기억이다.

군 제대 후 복학해서는 취업도 신경 써야 하고 학점도 신경 써야 했지만, 여전히 틈틈이 영화를 보러 다녔다. 이 시절 또 하나 기억나는 것은, 영어 공부 차원에서 할리우드 영화들을 자막 없이 보기도 했던 일이다. 학교 시청각 시설에 가서 학생증을 맡기고 여러 영화들을 본 기억이 난다.

웬만한 화제작들은 다 본 것 같고, 영화관에서 놓치면 나중에 비디오를 빌려서도 보았다. 90년대에도 참 좋은 영화들이 많았고, 그것들과 함께 한 나의 20대도 꽤 낭만적이었던 것 같다. 인생 영화로 꼽는 영화들이 대부분 80, 90년대에 본 영화들인데, 감수성 풍부했던 청춘 시절인 이유도 있겠고, 또 그만큼 좋은 영화들이 많이 나왔다는 말도 될 것이다.

30대는 어땠나 돌아보았다. 30대는 아무래도 이전과는 좀 달랐던 것 같다. 예전만큼 그렇게 영화를 많이 찾아보진 않았던 것 같다. 아무래도 나이가 좀 들고 세상을 보는 시선이 예전과는 좀 달라지다 보니, 영화도 좀 시들해졌다고 할까. 나는

30대 초반을 중국 상하이에서 박사 유학을 하며 보냈다. 타국에서 청춘의 끝자락을 보낸 셈인데, 한편으로는 낭만적이고 좋은 시절이기도 했지만 동시에 참 외롭기도 했고 정신적으로도 좀 힘들었던 것 같다. 그럴 때 영화가 많이 위로가 되기도 했다. 당시 중국에선 복제 DVD를 참 쉽게 구할 수 있었는데, 새로 나온 DVD를 찾아다니던 기억이 새록새록 하다. 이 시기엔 특히 중국 영화를 참 많이 보았다.

귀국 후 대학 강단에 서고, 그렇게 사회인으로 살게 되면서는 예전만큼 극장에 가질 않았다. 물론 그래도 내 또래 평균보다는 좀 더 다녔을 것이다. 여전히 극장에 가는 길은 설레고 기분 좋은 일이었고, 새로운 영화는 계속 쏟아졌다. 꼭 보고 싶은 영화가 있으면 품을 팔아서라도 챙겨 보았다. 그쯤부터는 꼭 개봉관이 아니더라도 영상자료원이나 예술영화 전용관 같은 곳도 조금씩 다니기 시작했다. 이런 저런 루트를 통해 시사회를 가는 경우도 종종 있었다. 부산영화제나 전주영화제, 그리고 부천영화제를 가기 시작했던 것도 30대 들어서였다.

#4. 상하이 유학 시절, 영화를 찍기로 마음 먹다

상하이 유학 시절 이야기를 조금 더 해보겠다. 중국 상하이에서 박사과정을 밟던 그 시절, 30대를 막 시작하던 그 시절은 좀 외롭기도 하고 막막하기도 했던 시간이었다. 공부로 끝장을 보겠다며 호기롭게 바다를 건너왔지만 유학이란 게 그리 만만한 것이 아니었고, 공부는 하면 할수록 오히려 손에 잡히지 않는 신기루처럼 느껴졌다.

그때 나는 영화에 많이 기대 살았다. DVD를 저렴하고 손쉽게 구할 수 있었고 그것들이 외롭고 막막했던 나를 위로해주었다. 특히 중국의 다양한 영화들도 빠르게 접할 수 있었고 때로는 우연히 좋아하는 중국의 배우와 감독들을 만나기도 했다. 나는 당시 국내 모 신문의 해외통신원 자격으로 중국 영화들을 소개하는 칼럼을 쓰게 되었는데, 꽤나 열정을 가지고 활동을 했고, 그를 통해 새로운 사람들도 많이 알게 되었다.

그런저런 인연들이 모여서 대략 그때쯤부터 조금씩 영화 창작에 대한 생각을 하게 된 것 같다. 직접 영화를 만들어 보기로 말이다. 당장은 뭘 어떻게 할 수 없었지만, 많은 영화들을 보고 또 그것을 글로 써보고, 틈틈이 이야깃거리를 만들면서 영화 연출을 조금씩 준비한 것 같다.

#5. 2004년 여름, 상하이

　2004년 7월, 나는 무더위로 악명 높은 상하이에서 귀국 날짜를 기다리고 있었다. 3년간의 유학 생활을 마치고 예정대로 박사학위를 취득했다. 이제 돌아가 대학 강단에 서면 될 터였다. 3년간 살던 살림살이는 정리를 했고 책과 짐들은 미리 배편으로 보냈다. 이제 홀가분하게 귀국행 비행기에 오르면 될 일이었다. 40도에 육박하는 여름날의 상하이, 텅 빈 방 안에서 24시간 에어컨을 돌리며 편안한 날들을 보내던 그 시절, 마음 한 구석이 허전했다. 이제 다 끝난 건가 하는 공허감, 내가 뭔가 하긴 한 건가 하는 생각, 이제 앞으로 뭘 하지 하는 생각 등이 꼬리에 꼬리를 물었다. 그러면서 또 한편으로는 베이징이나 상하이에서 한 1년 정도 영화 연출 과정을 배워볼까 하는 생각을 좀 했었다. 실제로 어떤 게 있나 알아보기도 했다. 아마 의지가 좀 더 강했다면 실제로 할 수도 있었을 것이다. 하지만 이미 중국 유학 생활에 물릴 대로 물려있었고, 일단 그 찜통 같은 더위를 더 견딜 수 없었다. 빨리 한국에 들어가 강단에 서고 돈을 벌어야 한다는 현실적인 이유도 있었을 것이다. 그런데 돌아보면 아마 그때쯤부터였던 것 같다. 영화를 한번 만들어야겠다는 생각을 구체적으로 하게 된 게. 그 전까지는 그저 영화 보기를 즐기거나 영화에 대한 이런저런 글을 쓰는 정도였는데, 그때부터는 직접 만들어 봐야겠다는 생각을 하기 시작했던 것이다.

귀국 후 생활은 바쁘게 돌아갔다. 당장 2학기 강의가 시작되면서 여러 대학에 강의를 다니기 시작했고, 이어서 임용을 위해 논문을 쓰고 지원하고 면접 보고 하는 과정을 몇 년간 지속했다. 그러다 몇 년 만에 지방의 한 대학에 임용이 되었고, 또다시 다른 대학으로 이직을 하면서 시간은 빠르게 지나갔다. 강의 외에도 이런저런 행정적인 잡무에 치여서 편안하게 내 시간을 가지는 게 어려웠다. 당연히 영화 연출에 대한 생각도 할 수 없었다. 그래도 영화에 대한 열정은 꺼지지 않아 그동안 영화에 대한 논문과 책을 여러 권 상재하긴 했다. 그러나 직접 나설 생각을 아직은 하지 못했다.

시간은 또 자꾸 흘러갔다. 다행히 기술이 좋아져 이제는 누구나 쉽게 영화를 찍을 수 있는 시대가 도래하였다. 스마트폰 하나만으로도 영상 제작이 가능하게 되고, 각 지역마다 미디어센터 같은 곳이 생겨서 누구라도 쉽게 장비를 접하고 관련 지식을 배울 수 있게 되었다. 그것은 나에게도 더없이 좋은 기회였고 환경은 점점 더 발전했다. 나는 지역 미디어센터에 가서 관련 교육도 수강하고 정회원이 되어 장비도 마음껏 대여하여 이런저런 영상을 찍어보면서 조금씩 영화 연출에 다가가기 시작했다. 그러는 한편 만들고 싶은 이야기들을 시나리오로 한 편, 두 편씩 써가기 시작했다. 그와 동시에 계속해서 영화를 보고 글을 썼다. 특히 전공과 연계하여 중국 영화에 대한 글을 많이 썼고 관련 저서를 여러 권 출판하였다.

#6. 2014년, 소니 캠코더 사다

영화를 만들어 봐야겠다고 생각했던 2004년으로부터 딱 10년이 지났다. 2014년 초, 나는 소니 캠코더를 하나 샀다. 사실 2014년이면 스마트폰과 디지털 카메라 등으로 동영상을 찍는 연습도 해보고, 윈도우 무비 메이커, 다음 팟 인코더, 프리미어 프로 같은 편집 프로그램을 조금씩 익혀가던 시절이었다. 이미 스마트폰이 대중화되고 스마트폰의 카메라도 갈수록 성능이 좋아져서 단순히 사진이나 동영상을 찍는 거라면 굳이 비싼 캠코더를 살 필요는 없었다. 그럼에도 나름 거금을 들여 캠코더를 굳이 산 것은 향후 영화를 찍어야겠다는 생각이 들어서였다. 촬영, 편집 등을 전반적으로 익히고 능숙해져야겠다는 생각이 들었다. 스마트폰 기능이 아무리 좋아졌다고 해도 제대로 영상을 찍기 위해서는 역시 최적화된 캠코더가 필요하다고 생각했다. 캠코더로 조금 더 전문적으로 자주 찍어보기로 했다. 다만 아직은 초급 단계이니 너무 전문적인 캠코더보다는 쉽게 다룰 수 있으면서도 기본적인 성능이 괜찮은 것을 검색하였다.

그래서 선택한 것이 소니 캠코더였다. 부담 없이 작은 크기지만 여러 가지 기능을 잘 갖추고 있었고 가격대도 재정에 무리가 가지 않는 적당한 수준이었다. 가족과 친지들의 이런저런 행사 때 캠코더를 가지고 다니면서 촬영했다. 그리고 국내외 여행을 떠날 때 캠코더를 이용해 영상을 찍고 다시 그것을 컴퓨터에 옮겨 편집을 해보면서 손에 익혔다. 조금씩 스토리를 짜서 그것을 영상에 담아보기도 하고, 키우던 강아지의 일상을 담기도 했다. 다양한 각도와 앵글을 담아보려 노력했고, 짧지만 임팩트 있게 주제를 담아내는 연습도 했다. 그리고 그 결과물을 이런저런 영상 공모전에 내보기도 했다. 예를 들어 박카스 29초 영화제, 수원시 영상 공모전 등에 참가해 보았다. 그러다 2016년 봄, 수원에서 주최한 영상 공모전에 수원을 대표하는 예술가이자 여성 운동가인 나혜석에 대한 영상을 만들어 응모했고 우수상을 수상하기도 했다. 많지는 않지만 상금도 받았고 시상식도 크게 열려서 짜릿한 기분을 느꼈다.

#7. 시청자 미디어센터에 다니다

광역시마다 시청자 미디어센터라는 것이 있다. 교육을 받고 정회원이 되면 장비도 무료로 대여할 수 있다. 그밖에 미디어 관련 교육도 받을 수 있고 스튜디오, 녹음실, 편집실 등 관련 시설도 빌릴 수 있다. 좋은 세상이다. 이제 누구나 관심이 있고 조금의 품만 팔면 돈을 들이지 않고 각양각색의 미디어 활동을 할 수 있는 것이다.

대략 2016년도쯤에 친구를 통해 대전시 시청자 미디어센터를 알게 되었고 장비도 빌려서 내 단편영화를 찍는 데 유용하게 활용했다. 이후 인천시 시청자 미디어센터에서 정교육을 받고 회원이 되어 수시로 장비를 빌려 사용했다. 마침 내가 소속된 연세대학교는 인천 송도에도 캠퍼스가 있어서 수업을 갈 때마다 편리하게 시설을 이용할 수 있었다. 카메라와 삼각대, 조명, 붐마이크, 그리고 편집에 사용할 노트북까지 대여할 수 있었다. 단편영화 <배회자>가 대전 시청자 미디어센터에서 장비를 빌려 촬영했다면, 이후 장편영화 <성곽을 걷는 남자>는 인천 시청자 미디어센터를 통해 장비를 빌려 촬영을 했다. 두 곳 모두에 고마운 마음을 가지고 있다. 내가 센터에서 대여하여 활용한 카메라는 전문가급 캠코더인 파나소닉 카메라였는데, 그때 받은 좋은 인상 덕분에 이후 나는 여러 브랜드 중에서도 이 파나소닉 카메라를 특히 좋아한다.

#8. 장비를 하나씩 구매하다

장비를 그때그때 대여하는 것도 물론 좋지만, 역시 장기적으로 영화를 만들려면 본격적으로 장비를 갖추어야겠다는 생각이 들었다. 물론 관련 장비는 수도 없이 많고 개인이 그걸 두루 갖추려면 엄청난 비용이 든다. 그렇다 보니 어디까지 장만할 것인가, 어느 정도 퀄리티를 생각할 것인가 등등 고려할 부분도 많을 것이다. 일단 독립영화와 다큐멘터리를 무리 없이 만들어 낼 수 있는 수준 정도로 생각하고 장비들을 알아보았다.

카메라는 이전 지역 미디어센터를 통해 손에 익힌 파나소닉 카메라 기종을 구하기로 했다. 파나소닉 AG-AC160이다. 마이크는 소니 마이크를 장만했다. 카메라가 좀 크고 무게가 나가는 편이라 삼각대는 중대형급으로 장만했는데 홍콩의 벤로 브랜드 제품으로 구매했다. 이어서 붐마이크 폴대와 마이크를 이어주는 XLR선 등도 구매했다. 삼각대와 연결하는 돌리도 꼭 필요하다 싶어 구입했다.

일단 장비는 그 정도로 하고 조명, 액션캠, 드론, 짐벌 등은 그때그때 필요한 기종을 골라 대여하는 방식을 취하고 있다. 물론 열거한 이런 장비들은 내가 직접 카메라를 잡을 때 사용하는 장비들이다. 촬영감독을 고용하는 경우는 각 당연히 촬영감독이 자신에게 맞는 장비를 선정하여 오기 때문에 내가 따로 관여하지는 않는다. 나는 내가 직접 촬영을 하는 작품과 촬영감독을 쓰는 작품의 비율을 5:5 정도로 생각하고 있다.

#9. 내 영화의 베이스 캠프

2024년 새로 이관한 수원시 미디어센터는 내 영화 만들기의 베이스 캠프라고 할 수 있다. 센터 내에는 녹음실, 편집실, 회의실 등이 잘 갖춰져 있고 100석 규모의 개봉관급 상영관을 가지고 있다. 물론 다른 미디어센터처럼 전문가급 장비도 대여할 수 있다. 나는 여기서 스태프들과 머리를 맞대고 영화에 대한 기획과 회의를 할 수 있고, 촬영에 필요한 장비도 대여할 수 있다. 편집실이나 녹음실은 따로 사용해 보지 않았지만, 필요한 경우 시설을 적극 활용할 수 있다. 그리고 매번 완성한 영화들의 최초 시사회를 이곳 상영관에서 진행했다.

뿐만이 아니다. 센터에서 진행하는 좋은 영화 기획전을 마음껏 즐길 수 있고, 도서관이 그렇듯 언제든 가서 편하게 시간을 보낼 수도 있다. 요컨대 센터는 영화를 좋아하는 이들에게는 참으로 안성맞춤의 공간이라고 하겠다.

내 고향 수원에 이런 시설이 있다는 것이 참으로 반갑고 고맙다. 지금껏 그랬던 것처럼 앞으로도 나는 이곳을 베이스캠프 삼아 영화를 잉태하고 또 그것을 많은 이들과 나눌 것이다. 그리고 언제든 편하게 와서 영화를 보고 즐기면서 좋은 추억을 만들어 갈 것이다.

Take 2. 감독으로 나서다

#1. 〈배회자〉

2016년, 40대 중반이 된 나는 더 이상 미루지 말고 본격적인 영화 만들기에 나서자는 생각을 했다. 부족하면 부족한 대로 뭔가 결과물을 내보자는 결심을 했다. 앞서 이런저런 영상 공모전을 준비하며 나름의 노하우도 익혔으니 할 수 있겠다 싶었다.

그때까지 써둔 시나리오가 3, 4편쯤 있었지만, 두 시간 분량의 상업 영화를 목표로 쓴 시나리오라 당장 영상화하기엔 엄두가 나질 않았다. 일단 단편영화부터 차근차근 만들어 봐야겠다는 생각이 들었다. 그래서 이번엔 짧은 스토리를 몇 편 쓰기 시작했다. 그래서 완성한 첫 시나리오가 <배회자>였다.

나의 고향 수원은 성곽의 도시다. 정조가 세운 화성을 중심으로 구 시가지가 형성되어 있다. 서울 한양 도성이 그렇듯 수원 화성도 동서남북에 4개의 출입문을 만들었다. 나는 그중 서문인 화서문 근처에서 나고 자란 터라 어릴 때부터 화성이 익숙하고 친근했다. 어린 시절엔 성곽을 따라 뛰어다니며 놀면서 성곽 위에 올라가 친구들과 칼싸움을 하기도 했으니, 너무나 친근한 공간이 아닐 수 없었다. 지금은 잘 정비되고 유명한 관광지가 되면서 풍경과 분위기가 사뭇 달라졌지만, 어린 시절엔 좀 더 생활에 밀착된 공간이었다. 아무튼 그렇게 화성 성곽은 내게 익숙한 공간이어서, 어른이 되고 난 지금도 시간이 나면 늘 산책 삼아 성곽 주변을 걷고 있다. 성곽을 걷는 중간에 자주 가는 도서관도 있고, 수원 시민들이 애용하는 재래시장도 잘 형성되어 있다. 요즘엔 성곽길을 따라 카페도 생겼고, 아기자기한 가게들과 다양한 맛집도 많이 들어서 사람들을 끌어들이고 있다.

자, 이렇게 나는 성곽길을 산책 삼아 걸으며 기분도 전환하고 생각도 정리하고 이런저런 작품 구상도 하는 걸 좋아한다. 그런데 언젠가부터, 그러니까 내가 서른을 지나 마흔쯤 되었을 때, 그 성곽 산책길에서 자주 눈에 들어오는 풍경이 있었다. 나 같은 중년 남자들이 성곽이나 공원 성곽 근처의 시장 등에서 무기력하게 배회하듯 다니는 풍경이었다. 알싸하고 씁쓸했다. 늘상 듣게 되는 실업, 중년의 위기, 가장의 무게감 같은 것들이 떠올랐고 연민과 안타까움 비슷한 감정이 들면서 그들에게 계속 눈길이 갔다. 저 사람에겐 어떤 사연이 있을까. 혹시 재기의 기회를 영영 잃어버린 것일까. 가정은 어떻게 유지되고 있을까. 생각이 꼬리에 꼬리를 물고 이어졌다.

그렇게 만들게 된 이야기가 바로 <배회자>였다. 그러니까 배회자는 실직한 중년 가장에 관한 이야기다. 인생에서 중년은 사람의 몸으로 치자면 허리에 해당하는 부분으로 매우 중요한 역할을 맡고 있는 나이다. 한 집안의 가장으로서 매우 막중한 책임을 지고 있다. 사회적으로도 왕성한 활동을 할 나이지만 밀려나는 경우도 생기고, 한번 이탈되면 다시 기회를 잡기 어려운 시기이기도 하다. 특히나 경쟁이 치열하고 약자에 대한 배려가 많지 않은 한국 사회에서 중년 가장이 느끼는 부담감과 씁쓸함은 참으로 크다.

영화 속 주인공 역시 위기에 처해 있다. 뜻하지 않게 직장에서 밀려나 벼랑 끝에 몰려있다. 다시 재기를 모색하고 있지만 뜻대로 되지 않는다. 자신의 실직 사실을 아직 가족 아무에게도 알리지 못한 상황이다. 아내를 속이고 평소처럼 출근을 가장하고 집에서 나온 그가 갈 곳은 마땅치 않다. 남자는 어린 시절 뛰어놀았던 고향의 성곽을 배회한다. 걷다가 같이 놀던 친구 생각이 나서 전화를 걸어보기도 하고 연못가에 가서 한참을 앉아있기도 한다. 성곽과 연결된 재래시장에 가서 이런저런 구경을 하다가 친구들과 놀러 나온 조카를 만난다. 출장을 왔다고 둘러대고 조카에게 용돈을 준다.

한참을 배회하던 남자는 근처의 도서관에 들어가 시간을 보낸다. 이런저런 책을 들추기도 하고 벼룩시장 같은 구인 광고를 살펴보기도 한다. 그러다가 엎드려 잠이 든다. 그렇게 시간을 때운 남자는 초등학생 아들과 전화를 하고 일찍 퇴근하겠다는 말을 한다. 하루 종일 걸어 다니느라 흙이 묻은 구두를 닦고 남자는 어디론가 정처 없이 걷기 시작한다.

이 영화 <배회자>는 부족한 대로 온전하게 한 편의 영화로 완성시켰다는 것에 나름의 의미를 갖는다. 생각만 하던 것을 실행으로 옮겼고 나름의 성취감이 있었다. 각본과 연출은 물론 직접 주인공을 맡아 연기까지 1인 3역을 수행했다. 촬영과 조명, 편집은 영화를 공부한 친구가 열정적으로 맡아주었고, 실용음악을 전공한 친구의 조카가 영화음악을 작곡해 주었다. 기획에서 완성까지 대략 3개월 정도가 걸렸고 이후 국내의 몇몇 영화제에 출품했고, 영문 자막을 입혀 해외 영화제에도 두세 군데 출품했다.

나는 이 영화에서 사회의 한 구성원으로서 탄탄하고 씩씩하게 길을 걸었던 중년의 남자가 직장에서 밀려난 뒤 느끼는 소외감과 당혹감을 표현해 보려고 했다. 또한 그렇다고 해서 분노나 슬픔 대신 곤혹스러움과 쓸쓸함을 담담하게 그려보고자 했다. 짧은 줄에 묶여 자유롭지 못한 개의 모습을 통해 남자 자신을 투영시켜 보기도 했고, 도서관 자율 판매대에서 돈을 내지 않고 뻥튀기를 들고 나오는 남자의 모습을 통해 남자의 심리를 은유해 보기도 했다. 남자가 정처 없이 걷는 뒷모습을 통해 이 남자의 앞날을 살짝 표현해 보았다. 남자가 다시 사회적 제도 안으로 돌아갈지, 아니면 영영 이탈해 버릴지는 아무도 알수 없는 노릇이라는 걸 표현해 보고 싶었다.

마침 나와 동년배들의 입장을 그리는 것이니만큼, 내가 직접 주연을 맡았고 익숙한 고향의 성곽, 그리고 평소 잘 가는 도서관 등을 배경으로 삼았다. 극 중에서 조카와 조카의 친구들이 등장하는데, 내가 가르치는 학생들이 배우로 출연해 주었다. 또한 출연한 학생들 외에도 몇 명 더 와서 스태프를 맡아주었다. 그 인연은 10년이 지난 지금도 이어지고 있다. 내가 만든 영화의 시사회에도 한걸음에 달려와 주고는 한다.

<배회자> 촬영 현장

인생은 영화처럼, 영화는 인생처럼

<성곽을 걷는 남자> 촬영 현장

#2. 〈나혜석을 따라 걷다〉

나는 극영화 못지않게 다큐멘터리에도 큰 관심을 가지고 있다. 다큐는 극영화와는 또 다른 시각에서 우리 인생의 면면을 정밀하게 담아낼 수 있다고 생각한다. 어쨌든 그래서 평소 다큐로 만들어보고 싶은 소재가 몇 개 있다. 가장 먼저는 내 아버지에 관한 것이다. 내 아버지는 6·25 때 고향을 두고 남으로 피난 오신 실향민이자 당시 고향에 남으신 어머니와 누이와 헤어져 영영 이별한 이산가족이다. 평생 고향을 그리워하시는 실향민인 아버지 이야기를 꼭 다큐멘터리로 만들고 싶다. 그 밖에도 우리 사회의 이런저런 문제들에 대하여 이 카메라를 활용하여 목소리를 내고 싶다. 또한 젊은 시절부터 나를 강하게 자극했던 수원의 인물에 대한 다큐멘터리를 만들고 싶다. 바로 내 고향 수원이 잉태한 뛰어난 예술가 나혜석이다.

그래서 만든 짧은 다큐멘터리가 바로 <나혜석을 따라 걷다>라는 작품이다. 내 누나와 누나의 딸인 조카가 수원의 인물인 나혜석의 흔적을 따라가는 이야기를 담고 있다. 스토리는 대략 이러하다. 초등학교에 다니는 조카는 어느 날 내 고장의 역사 인물에 대해 조사해 오라는 학교 과제를 받고 고민한다. 누구에 대해 조사할까를 엄마와 의논하던 중, 엄마가 나혜석을 조사해 보자고 제안한다. 아직 나혜석이 누구인지 모르는 딸을 위해 엄마는 나혜석의 흔적을 안내한다. 우선 수원시 행궁동 안에 있는 나혜석의 생가와 근처에 있는 나혜석 기념비를 살펴보고, 나혜석이 그림에도 담아낸 화령전도 찾아가 본다. 그리고 생가에서 멀지 않은 곳에 위치한 수원 아이파크 미술관에도 가본다. 그곳 3층에는 나혜석의 그림 몇 점이 상설 전시되고 있다. 나혜석의 아들이 수원시에 기증한 그림들이고 수원시에서는 나혜석을 기려 나혜석 전시관을 마련해 놓았다. 이렇게 나혜석 생가 주변에 남아있는 나혜석의 자취를 따라가 본 모녀는 이어서 수원시 인계동에 위치한 나혜석 거리까지 찾아가 보기로 한다

나혜석의 이름을 딴 100미터 남짓한 거리에는 나혜석을 기념한 기념석 및 젊은 시절 나혜석의 모습을 형상화한 동상이 서있고, 한쪽 끝에는 나혜석의 좌상과 그녀의 작품을 새긴 기념 석벽이 세워져 있다. 거리를 걸어 또 다시 나혜석의 흔적을 따라가 보며 다큐는 끝을 맺는다.

이 짧은 다큐는 2016년 수원시에서 공모한 영상공모전에서 우수상을 수상했다. 수원시청에서 열린 시상식에 참여했고 시장님이 직접 상장을 수여해 주셨다. 내가 만든 영상으로 처음 상을 탄 색다른 경험이었고 큰 기쁨이자 격려가 되었다.

나혜석은 수원을 대표하는 문화 인물이다. 한국 최초의 여류 서양화가이자 여성운동가이며, 문학가인 동시에 여행가이기도 하다. 다방면으로 높은 성취를 이룬 예술가이면서 동시에 지금까지도 논쟁적인 인물이기도 하다. 남성 중심의 사고

가 완고하던 시절, 여성의 인권과 남녀 평등을 강력하게 외쳤고 그녀 자신 한평생 뜨겁게 살았지만 살아생전 많은 비난과 현실의 벽에 막혀 비운의 삶을 살았던 인물이기도 하다.

나혜석의 생가 근처에서 태어나 지금까지 살고 있는 나에게 나혜석은 젊은 시절부터 강렬한 자극을 준 고향 선배이기도 하다. 나는 젊은 시절 그녀의 눈부신 성취에 감탄하면서 안타까운 후반부 삶에 대해 항상 연민을 느꼈다. 너무 시대를 앞서갔단 생각을 늘 했고, 만약 그녀가 지금 태어났다면 어땠을까 하는 생각도 자주 해보았다. 근래 들어 나혜석에 대한 관심이 뜨거워지며 다시 재조명되는 것이 무척 반가웠지만, 동시에 또 한편으로는 그녀가 너무 여성주의자, 여성운동의 선각자로만 부각되는 것 같아 좀 아쉽기도 했다. 앞서 언급했다시피 나혜석은 여러 분야에서 뛰어난 성취를 이뤄낸 예술가이기 때문이다. 그리하여 나는 나대로 나혜석에 대해 이야기해 보자는 생각을 했다. 기회가 되는 대로 글로 또 영상으로 나혜석을 내 시각으로 표현하려는 계획을 가지고 있다. 그동안 「나혜석에 대해 하고 싶은 이야기」라는 글로 한 공모전에서 입상하기도 했고 「나혜석에 다가가는 몇 갈래 길」이라는 제목의 논문을 발표하기도 했다. 그리고 이 짧은 다큐인 〈나

인생은 영화처럼, 영화는 인생처럼

혜석을 따라 걷다>도 제작하게 된 것이다. 앞으로도 나혜석을 입체적으로 다룬 저서도 한 권 쓰려고 하고, 좀 더 깊이 있고 디테일한 다큐멘터리도 꼭 제작하려고 한다.

#3. 〈성곽을 걷는 남자〉

앞서 2016년에 본격적인 첫 단편영화 <배회자>를 만들었다는 이야기를 했다. 각본과 연출, 제작, 그리고 출연까지 직접 하면서 영화 만들기의 재미와 어려움을 동시에 느꼈다. 그리고 <배회자> 이후 이 단편영화를 확장하여 장편을 만들어보고 싶다는 생각을 했다. 그리고 틈틈이 실행에 옮겼다. <배회자>에서 촬영과 제작 전반에 도움을 주었던 친구와 이번에도 함께 작업했다. 결과적으로 60분 분량의 중편, 혹은 경장편으로 분류할 수 있는 분량의 영화를 만들어 냈다.

<배회자>에서 갑자기 직장을 잃고 이전의 삶의 궤도에서 튕겨져 나간 남자는 이후 어떻게 되었을까. 영화는 거기서 이어진다. 남자는 더 이상 새로운 직장을 구하지 않고, 흑염소

진액이나 각종 약초즙을 만들어 파는 건강원을 인수하여 생활해 나간다. 가정은 어떻게 되었을까. 결국 남자는 이혼을 했지만 생활비는 빠지지 않고 보내면서 아빠로서의 역할을 하기 위해 노력한다. 남자는 건강원 일을 하는 동시에 흥신소 비슷한 업무를 병행한다. 실제로 아직 초보인 건강원 일보다 해결사의 일로 수입을 챙긴다. 남자는 떼인 돈을 받아주거나, 바람난 남편의 뒷조사를 해주기도 하고, 협박에 시달리는 교수의 문제를 해결해 주기도 한다. 그런 일을 맡을수록 세상은 참 요지경이라는 생각을 하게 된다. 또한 아픈 사람을 위한 보약을 만들어 주는 건강원 일이나 이런저런 골치 아픈 문제를 해결해 주는 해결사 일이나 다 아픈 일들을 돕는 일이라 생각하며 나름 자부심을 갖는다. 남자는 결코 외롭거나 우울하지 않다. 오히려 예전보다 더 인생을 주동적이고 적극적인 태도로 살아간다. 친구들과도 계속 만나면서 건강한 사회적 관계를 이어가고 새롭게 알게 된 이성과도 나쁘지 않은 관계를 꾸려나간다.

나는 이 영화 <성곽을 걷는 남자>를 통해 <배회자>에 이어 위기에 처한 한국의 중년 남자들을 자세하게 들여다보고

자 했다. 여러 어려움에 직면해 힘들고 괴롭기도 하지만 그래도 나만의 방식으로 이 요지경 세상을 씩씩하게 헤쳐나가는 중년 남자를 표현하고자 했고, 그런 중년 남자들을 응원하고 싶었다. 청춘은 저 멀리 떠나고 몸도 마음도 지쳐버린 현재, 그럼에도 여전히 책임은 무겁고 갈 길이 먼 중년이지만, 그 어떤 상황에도 좌절하지 않고 씩씩하고 긍정적으로 뚜벅뚜벅 걸어가는 우리 동년배들에게 위로와 응원을 보내고 싶다.

#4. 장편 〈청춘 소나타〉 이야기

2023년, 나는 더 미루지 말고 본격적으로 장편영화를 만들어 영화제에 출품하고 극장 개봉도 해야겠다는 생각을 강하게 했다. 그동안 코로나로 인해 많은 활동이 제약되면서 나의 영화 만들기 작업도 한동안 이어지지 못했다. 이러다가는 나이만 먹고 뭘 해볼 수 없겠다는 위기감도 좀 들었던 것 같다. 그리하여 궁리에 궁리를 거듭했다. 그동안 써놓은 시나리오 중 어떤 것을 영화화 할 것인가, 제작비는 어떻게 마련할 것인가, 스태프는 어떻게 구할 것인가. 어느 하나 쉬운 일이 아니었다. 일단 그동안 써놓은 3, 4편의 시나리오는 나름대로 큰 규모의 본격 상업 영화를 지향하고 쓴 것이라 당장 영화화하는 것이 현실적으로 어려웠다. 방법이 없었다. 그렇다면 새로 현실에 맞는 이야기를 새로 써보자.

그래서 쓴 것인 1990년 나의 고3 이야기였다. 고3 절친했던 세 명의 친구가 40이 되어 겪는 이야기들을 써둔 게 있었다. <삼총사>라는 시나리오였는데 역시 규모가 커서 당장 영화화하긴 어려웠다. 그 프리퀄 격인 이야기를 쓴 셈이다. 고3 이야기니 주로 학교에서 벌어지는 이야기니 큰 돈 일 없고 비교적 간간하게 집중해서 찍을 수 있을 것 같았다. 하지만 말이 그렇지 이 또한 쉬운 건 아니었다.

팀을 꾸리고 배우를 정하다

영화판에서 일하고 있는 P를 만나 의논을 좀 해보았다. 자, 여기서 잠깐 제자 P의 이야기를 좀 해야겠다. P는 10여 년 전 가르쳤던 학과의 제자인데 당시 영화 교내 영화 동아리에서 열심히 활동하며 영화에 대한 열정을 불태우고 있었다. 마침 내가 가르쳤던 과목이 '영화로 배우는 중국어'여서 많은 중국 영화를 다루었고, 수업 중간중간에 영화에 대한 이야기를 많이 했다. P는 어린 시절 홍콩에서 자란 배경이 있어 당연히 중국 영화에도 깊은 관심이 있었다. 그는 학부 졸업을 한 뒤 영화를 전공하겠다는 결심을 하고 미국으로 유학을 가서 뉴욕 필름 스쿨에서 촬영을 전공한 뒤 할리우드 현장에서 일을 하기 시작했다. 나는 그와 틈틈이 연락을 주고 받았고 나중에 꼭 같이 작업하자는 약속을 했다. 이후 미국 생활을 정리하고 한국에 돌아온 P는 한국의 영화와 드라마 현장에서 일을 하기 시작했다. 나는 내 첫 장편영화를 P와 같이 찍고 싶었는데, 약간의 의견 차이가 있었고 또 스케줄이 서로 맞지 않은 부분도 있었다. 아쉽지만 다음을 기약하기로 했다. 그래도 P와의 의논 속에서 건진 게 적지 않았다.

물론 그동안 카메라를 직접 잡고 촬영한 작품도 있었으니 내가 직접 촬영과 편집 등을 도맡아 할 수도 있었다. 하지만 그래도 본격적인 장편영화 입봉이니 좀 더 체계를 갖추고 퀄리티를 살리고 싶었다. 전문적인 스태프를 꾸려야겠다고 생각했다. 그리고 배우들은 어떻게 구할 것인가.

마침 친구의 고3 딸이 수원의 연기 학원에 다니고 있었다.

일단 거기 가서 배우들을 좀 알아보기로 했다. 연기 학원은 마침 자체 극단도 보유하고 있어서 거기서 활동하는 배우들을 뽑기로 했다. 촬영감독 및 조명, 녹음 등 스태프를 구해야 하는데 P는 어렵게 됐고 차선으로 알아본 게 예전 출연했던 EBS <세계테마기행>에서 촬영을 맡았던 촬영감독이었다. 한 번 만나서 세밀하게 의논을 하려 했으나 촬영 스케줄 때문에 계속 지방을 다니는 관계로 시간을 맞추기가 어려웠다. 그래서 다음으로 의논한 게 연기 학원을 통해서였다. 연극과 영화를 전공하고 배우 및 연출, 촬영, 조명 등등의 분야에서 활동하는 선후배 인맥을 가지고 있었기에 팀을 짜는 게 가능했다. 그리하여 인원을 짜고 예산을 정해 일을 진행시켰다. 물론 돈은 내가 대는 것이었다. 언젠가 영화를 찍을 것을 대비해 준비해 둔 것에 더해 가족, 친지, 친구들의 도움도 좀 받았다. 여러 가지가 의기투합되어 최소의 비용으로 최대의 효과를 내 보기로 했다.

그러는 한편 나는 시나리오를 보완하고 콘티를 그렸다. 일주일에 한 번씩 배우들과 만나 대본 리딩을 하며 점점 속도를 내갔다. 마침내 디데이가 찾아왔다.

<청춘 소나타> 대본 리딩

촬영 개시

그리하여 2024년 3월 말 첫 촬영을 시작하게 되었다. 주중에는 각자 본업에 충실하고 주말에 모여 찍는다는 계획하에 토, 일 이른 아침부터 밤까지 촬영하였다. 낮과 밤의 기온 차가 심해 겨울 패딩을 입고 시작했다. 아직 미성년인 학생들이 많았기에 여러 가지 신경 쓸 사항들이 많았다. 효율적인 촬영을 위해 촬영 장소와 동선도 세심하게 주의를 기울였다.

촬영은 크게 학교 신과 야외 신으로 구별되었다. 스토리상

학교 안에서의 촬영이 많았는데, 그건 몰아서 찍으면 되니 문제는 외부의 여러 장소에서의 촬영이었다. 극장에서의 신, 성곽에서의 신, 공원에서의 신, 그리고 통닭집에서의 미팅 신, 버스 정류장, 길거리 신 등등 외부에서 찍는 신들도 상당히 있었다. 대부분 원만하게 잘 진행되었다. 그중 극장과 통닭집은 미리 날짜와 시간 등 사전 협의를 거쳐 찍어야 했다. 그렇게 외부에서의 촬영 신이 몇주간 계속되었고, 그 사이 계절은 완연한 봄을 맞이하였고 낮에는 좀 더운 날들이 찾아왔다.

드디어 모든 외부 촬영을 마치고 학교 촬영이 시작되었다. 학교에서의 촬영은 비교적 순탄하게 할 수 있었다. 모교에서 촬영하는 것이고 마침 교감 선생님이 내 중학교 친구이기도 해서 수월하게 장소를 빌릴 수 있었다. 물론 최소의 비용은 지불했다.

그렇게 해서 3월 말부터 5월 말까지 두 달간의 촬영을 모두 마치고 크랭크 업을 기념하는 파티를 열었다. 특별한 문제 없이 순탄하게 마칠 수 있어서 기쁘고 고마웠다. 밀도 있는 시간이었고 즐겁기도 하고 또 고단하기도 했던 시간들이었다.

<청춘 소나타> 촬영 현장

편집

촬영이 끝나면 편집이 기다린다. 알다시피 편집은 후반 작업이고 많은 시간과 노력이 들어가는 지난한 작업이다. 5월 중순에 촬영을 마치고 약 6개월에 걸쳐 편집이 진행되었다. 사실 오롯이 편집에만 집중했다면 좀 더 빨리 끝낼 수도 있었을 것이다. 하지만 편집자도 본업이 따로 있다 보니 일하는 틈틈이 진행할 수밖에 없었다. 어쨌든 주어진 상황에서 최선을 다한다는 생각으로 최선을 다했고, 편집 내용에 대해서 계속 논의를 이어갔다. 마침내 11월 초에 완성본을 뽑을 수 있었다. 러닝타임에 대해서는 몇 가지 의견이 있었는데 의논을 거쳐 최종적으로 91분 분량의 작품으로 만들어 냈다.

OST 작업에도 나름대로 많은 공을 들였다. 작곡자가 10곡 정도를 선정해 주었고 그중 5곡 정도를 영화에 실었다. 어떤 노래를 어떤 장면에 넣을지 여러 번 상의했다. 노래와 기타 연주, 컴퓨터 믹싱까지 3가지 방식을 사용하였다. 또한 영화의 배경인 1990년의 분위기와 느낌을 살리기 위해 80, 90년대 가요를 몇 곡 삽입하였다.

시사회

늦가을로 접어들어 11월이 되었다. 자, 2024년 11월에 두 번의 시사회 날짜를 잡았다. 더 이상 미루지 말고 과감하게 날짜를 정하자 싶었다. 시사회 며칠 전까지 계속 편집을 이어갔고 마침내 완성본을 뽑았다. 러닝타임은 91분, 처음 내가 생각했던 시간과 얼추 비슷한 분량이었다. 다음에는 초대장을 만들어 보냈다. 1차는 내 가족과 친지, 친구, 동료들을 초대했다. 대략 30명 정도가 참석해 주었다. 영화가 상영되기 전 간단한 인사와 영화에 대한 소개를 했다. 먼 길을 와준 관객들을 바라보고 있자니 감개가 무량했다. 드디어 내 영화를 여러 사람들에게 보여줄 수 있다는 사실이 기쁘면서 설레기도 하고, 또 한편으로는 창피하기도 한 아주 복합적인 감정이었다.

일주일 뒤 열린 2차 시사회에는 더 많은 사람들이 찾아와 주었다. 주로 배우와 배우 가족들이 많이 참석했고 내 고등학교 동문들이 자리를 채워주었다. 자신들의 모습이 큰 스크린을 통해 투영되는 경험을 한 배우들은 깊은 인상을 받은 듯했다. 특히나 같은 경험을 나눴던 고교 동문들이 많이 공감을 해주었던 것 같다.

11월 수원 시사회에 이어서 11월과 12월에 걸쳐 몇 군데 대학에서 시사회를 진행했다. 먼저 내 직장인 연세대학교를 시작으로 친구와 후배가 재직하고 있는 부산 부경대와 원주 강원대에서 시사회를 진행했다. 학생들과 교직원 등이 참여해 영화에 대한 많은 의견을 내주었으며 질문을 해주기도 했다.

그리고 해가 바뀌어 2025년 1월에 수원에서 다시 한번 시사회를 개최했다. 영화를 보고 싶었으나 각자의 일정 때문에 1, 2차 시사회에 못 왔던 사람들을 위해 세 번째 시사회를 준비한 셈이다. 고등학교 동문들과 영화에 도움을 주었던 이웃 사촌들, 그리고 지인들이 참석하였고 영화에 대한 좋은 의견

<청춘 소나타> 시사회

들도 남겨주었다. 이렇게 시사회도 마무리 지었다.

영화제 출품과 그 다음 단계

다음은 영화제 출품이다. 영화제에 출품하여 객관적인 평가를 받아보자 싶었다. 1월 시사회를 끝으로 일단 시사회를 마감하고 국내 영화제에 출품을 시작했다. 현재 국내에는 수많은 영화제가 있다. 지역마다 특성을 살려 만든 영화제도 다양하게 존재하고, 특정한 주제 아래 열리는 영화제도 적지 않다. 일단 나는 가장 규모가 크고 인지도 있는 영화제 본선에 드는 것을 목표로 삼았다. 그래서 전주영화제, 부천영화제, 부산영화제, 서울독립영화제를 우선 목표로 잡고 그 외에 장편영화 공모를 하는 무주산골영화제, 정동진독립영화제, 전북독립영화제를 그 다음 순위로 생각하고 있다. 물론 그 외에도 작품에 맞는 영화제가 있다면 여러 군데 넣어볼 생각이다.

어느 영화제라도 본선에 든다면 일단 소정의 성과는 거두는 셈이다. 영화에 참여해 준 배우와 스태프들, 그리고 물심양면으로 도움을 준 많은 이들에게 조금이나마 보답이 될 것이다. 물론 그렇지 못하더라도 실망하지 않을 것이다. 앞으로 조금씩 더 발전해 나가면 될 터이다.

마지막으로 영화제가 다 끝나면 여러 루트를 통해 작게라도 개봉을 추진할 계획이다. 그런 기회를 잡을 수 있을지는 아직 잘 모르겠지만 개봉까지 진행하는 것이 온전하게 한 사이클을 마무리하는 것이라 생각한다. 잘 되길 기원해 본다.

<청춘 소나타> 시사회에서 배우들과

#5. 〈도시의 방랑자〉

<청춘 소나타>의 촬영이 끝나고 편집을 하고 있을 무렵, 다음 영화에 대한 계획을 세워보았다. 기세를 몰아 무협 영화 <비검-복수의 끝>을 만들고 싶었지만, 어디 그게 쉬운 일인가. 일단 제작비를 생각해 보면 아득했다. 아쉽지만 무협 영화는 시간을 두고 장기적으로 밀고 가기로 했다. 자, 그렇다면 이제 무엇을 할 것인가. 제작비가 부담돼 일을 크게 벌이기 어렵다면, 간단하게 팀을 꾸려 최대한 돈 안 들이고 심플한 작품을 해보면 될 것 아닌가. 그렇게 구상한 이야기가 바로 <도시의 방랑자>였다. 이번에는 부담 없이 내가 직접 촬영과 편집을 다 하기로 했다. 앞서 찍은 바 있는 <성곽을 걷는 남자>의 방식을 취하게 된 셈이다.

촬영은 6회 차에 걸쳐 진행하였다. 세 번은 수원, 세 번은 용인에서 찍었다. 편집을 마치니 50분 분량이 나왔다. 단편이라고 하기엔 길고, 장편으로 좀 짧다. 좀 어중간하긴 했다. 또한 최소의 장비와 인원을 활용하고 내가 촬영, 편집을 다 하다보니 퀄리티에 있어서도 썩 만족스럽진 못했다. 그래도 모

든 부분을 내가 확실히 장악하고 만들었다는 점에서 나에겐 적지 않은 의미를 지니는 작품이다. 이 정도 규모와 퀄리티라면 언제든지 만들 수 있겠다는 자신감이 붙었다. 적지 않은 수확이다.

<도시의 방랑자>는 중년 남자에 관한 이야기다. 어느덧 중년에 이른 나이, 청춘은 떠나고 수시로 밀려드는 쓸쓸함, 갈수록 팍팍하고 고단한 일상, 그래도 나만의 원칙을 지키며 자신만의 리듬과 방식으로 요지경 세상을 씩씩하게 뚫고 나가는 남자의 이야기다. 특히 휴머니즘과 유머를 잃지 않는 씩씩한 사나이를 그려보고자 했다. 요컨대 생활 밀착형 느와르 액션 드라마를 추구했다.

중년의 싱글남, 남자는 때때로 외롭고 또 자주 친구가 그립다. 무정하게 흘러가는 세월이 아쉽기도 하고 쓸쓸하기도 하다. 하지만 언제나 그랬듯이 심플하면서도 깔끔하게 일상을 살아간다. 중국어 학원을 운영하며 음악과 외국어를 사랑하는 한편, 무술과 달리기, 농구 등으로 심신을 강하게 단련한다. 그리고 그의 또 다른 부업이 있으니 바로 해결사다. 그는 남편의 외도로 괴로워하는 여인, 돈을 떼여 힘들어하는 남자

를 도와 문제를 해결해 준다. 또 의뢰받은 일로 찾아간 집에 혼자 있는 천진난만한 아이를 보고는 발길을 돌려 나오는 휴머니즘을 가지고 있다. 남자는 긍정적이고 낙천적인 마인드로 자신의 삶을 충실하게 채워나간다.

평소 영화를 사랑하고 배우를 꿈꾸기도 했던 학교 후배가 주인공을 맡아 극을 이끌어 나갔다. 아무래도 연기를 전문적으로 배운 적이 없는 데다가 처음 해보는 주인공이라 처음엔 좀 어색했지만, 다행히 후반으로 갈수록 자연스러워지고 배역에 몰입해 가는 모습이 인상적이었다. 그밖에 4, 5명의 조연 역시 가족과 지인들이 맡았다. 학원 수강생은 내가 직접 연기했다.

2025년 2월과 3월에 걸쳐 촬영을 진행했다. 주로 주말 중 하루를 택해 촬영했고 간혹 주중에 찍을 때도 있었다. 다행히 그 기간에는 나도 후배도 시간이 좀 자유로워서 수월하게 찍을 수 있었다. 날씨는 대체로 무난했고 야외 신을 찍을 때는 좀 추울 때도 있었다. 그래도 그 정도면 큰 어려움 없이 무난했다고 할 수 있겠다. 전체적으로 즐겁고 유쾌했다. 장비는 따로 대여하지 않고 100% 내가 가지고 있는 장비를 이용해서 찍었다. 이번 촬영을 위해 붐마이크 폴대를 새로 구입하였고, 줌 컨트롤러를 많이 사용하였다는 점이 이전과는 다른 차별점이다. 되도록 다양한 구도를 찍어보려고 노력하였다.

장비는 그렇고 이전 작업과 많이 달라진 건 편집 프로그램이었다. 이전에는 프리미어 프로를 사용했지만, 이번에는 애플 아이맥과 파이널컷 프로를 사용하여 편집했다. 파이널컷 10.8 버전이었다. 프리미어 프로와 파이널컷은 큰 틀에서는 비슷하지만, 파이널컷이 좀 더 직관적인 것 같고 효과 샘플들이 잘 되어 있어서 쓰기에 편리한 것 같다. 편집은 틈틈이 한 열흘에 걸쳐 편집을 했다.

역시 이번에도 수원시 미디어센터 상영관을 빌려 시사회를 진행했다. 내 가족들과 배우의 가족, 그리고 가까운 친구들, 그리고 내가 가르쳤던 제자들이 시사회에 참가해 주었다. 대관 규정상 관객이 20명 이상이 되어야 하는데 다행히 그 조건을 맞출 수 있었다. 사실 퀄리티에 큰 자신감이 없어 많은 이들에겐 알리지 않고 가까운 가족, 친지, 지인들 위주로 초대를 했다. 뜻밖에도 "재미있다", "생각보다 퀄리티가 괜찮았다"라는 말을 많이 들었다. 확신이 없던 나에게는 큰 격려였다. <도시의 방랑자>, 2024년 가을에 구상을 시작했으니 이후 시나리오 집필, 촬영, 편집, 그리고 시사회까지 대략 6개월 정도가 걸린 것 같다. 앞으로도 이 정도 시간과 예산이라면 투자해 볼 만하고, 이 정도 규모의 영화라면 언제든지 만들 수 있을 것 같다는 생각이 든다. 동시에 계속해서 발전해 나갈 수 있을 것 같다는 자신감이 생긴다. 앞으로 나는 영화 작업에 있어 '강약중강약' 전력을 쓰려고 한다. 즉 이런 식으로 라이트하게 주로 만들다가 기회를 잡아 큰 규모의 영화를 중간중간 만들 계획이다.

<도시의 방랑자> 촬영 현장

<도시의 방랑자> 촬영 현장

<도시의 방랑자> 시사회

인생은 영화처럼, 영화는 인생처럼

Take 3. 차기작 이야기

#1. 〈비검—복수의 끝〉

중문학자로서 중국 무협 영화를 무척 좋아한다. 멀리는 장철, 왕우의 <독비도>부터 90년대 서극이 감독하거나 제작한 <황비홍>, <신용문객잔>, <칼> 같은 작품들, 강렬한 시각적 자극을 주는 SF 무협 <풍운>, 그리고 2000년대 들어 전 세계를 놀라게 한 리안의 <와호장룡>과 장예모의 <영웅> 등등 좋아하는 작품들이 많다. 이처럼 무협 영화는 중화권 영화의 대표 장르이기도 해서 일급 감독들이라면 누구라도 한 번쯤 도전하는 장르이기도 하다. 그런데 무협은 결코 중국의 전유물은 아니다. 명칭만 다를 뿐 일본의 사무라이 영화나 우리의 검객 영화, 또는 사극 액션들도 다 무협의 범주에 들어간다고 볼 수 있다. 실제로 60, 70년대에는 한국의 감독들도 무협 영화를 많이 찍었고, 홍콩에 가서 활약하기도 했다. 요컨대 중요한 건 국적이 아니라 무협의 본질을 과연 얼마만큼 잘 담아내는가에 있다.

자, 우리 한국에서도 일찍부터 무협 영화를 만들었다는 걸 모르시는 분들이 많은 것 같다. 홍콩, 대만의 무협 영화가 전성기를 구가하던 60, 70년대 우리 한국에서도 많은 무협 영화들이 만들어졌고, 홍콩 등과 합작을 내놓기도 했다. 대표적인 감독이 정창화 감독이다. 아시아 최대의 제작사 쇼브라더스가 무협 영화로 전성기를 구가하던 그 시절, 한국의 정창화 감독은 홍콩에 건너가 무협 영화를 만들며 자신의 입지를 확실히 했고, 황정리, 왕호, 윤일봉 등 우리 배우들도 유명한 무협 영화에 출연하기도 했다. 임권택, 이두용, 변장호 같은 내로라하는 감독들도 무협 영화를 만든 바 있다. 90년대 이후로는 한국에서 무협 영화를 만드는 경우가 드물어졌지만 그래도 간간이 이어지고는 있다. 예컨대 <비천무>, <무사>, <천년호>, <중천>, <청풍명월> 등이 있고, 최근에도 크게 주목을 받진 못했지만 <협녀-칼의 기억>, <검객>, <살수> 같은 영화가 만들어졌다.

전반적으로 한국에선 무협 장르가 잘 안 된다는 인식이 있는 것 같은데, 그럼에도 잠재력이 큰 영화 장르가 이 무협이라고 나는 생각한다. 앞서도 말한 대로 무협은 중국만의 것이 아니어서 우리도 얼마든지 멋진 영화를 만들어 낼 수 있다고 본다. 문제는 중국 무협의 모방에서 그칠 것이 아니고, 무협의 본질을 잘 살리면서도 우리만의 독창적이고 차별화된 무협 영화를 만들 수 있는가에 있을 것이다. 사실 무협 영화라고 하면 바로 중국이 연상될 만큼, 명칭에 있어서는 중국의 지분이 크긴 하다. 우리는 주로 액션 사극, 사극 액션, 시대극, 혹은 무예 영화 등의 명칭을 사용하는 듯하다. 무협이란 명칭은 아무래도 중국 쪽 용어라고 생각해 부담을 느끼는 건지도 모르겠다. 가령 느와르 같은 경우는 한국 느와르라는 명칭을 즐겨 쓰는 데 반해 한국 무협이라는 호칭은 좀 피하려고 하는 것 같다. 무협이라고 하면 일단 중국이 연상되니 그럴 수도 있겠다 싶다. 그러나 앞서도 말했듯이 무협은 결코 중국의 전유물이 아니기 때문에 얼마든지 가능한 표현이며, 우리가 만든 무협 영화가 역으로 중국으로 수출돼 큰 호응을 얻어낼 수도 있는 것이다. 오히려 중국의 무협 영화는 정체되어 있고 뭔가 새로운 돌파구를 찾지 못하는 형국이다. 그런 상황하에 한국에서 멋진 무협 영화가 나와준다면 참 좋을 것 같다.

아무튼 서론이 길었는데, 나 역시 무협 영화를 만들 계획을 가지고 있고, 이미 2편의 시나리오를 준비해놓고 있다. 장기적으로는 한 4편의 무협 영화를 만들고 싶다. 다만 문제는 예산이다. 장르적 특성상 많은 예산이 들어가고 적합한 공간, 의상, 그리고 무엇보다 액션 등등 고려할 부분이 많아 선뜻 나서지 못하는 것이 사실이다. 하지만 조금씩 착실하게 준비하다 보면 조만간 기회를 잡을 수 있으리라 생각한다. 시나리오와 콘티를 디테일하게 준비하고 있다. 기회가 되는 대로 세트장도 알아보고 장소 로케이션도 진행중이다. 촬영감독과도 자주 만나 동선과 구도, 액션 장면 등에 대해서도 의논하고 있다. 4편쯤 만들 생각을 가지고 있는데 그 첫 번째는 <비검-복수의 끝>이라는 작품이다.

<비검>의 스토리는 대략 이렇다. 조선 한양의 어느 고을, 혼탁한 난세의 한복판이다. 고을 사또는 본분을 잊고 음풍농월을 일삼고, 고을의 권력자 최 대감은 백성들의 피를 빠는 악독한 탐관오리다. 게다가 직접 검객들을 거느리며 모든 걸

좌지우지하려 한다. 권력의 하수인이 된 검객 무리도 그들 세상인 양 온 거리를 휘젓고 다닌다. 공권력인 포도청이 아무 기능을 하지 않는 현실 안에서, 마을 사람들이 기댈 수 있는 유일한 인물은 정수안이다. 정수안은 빼어난 무술 실력을 갖추고 있지만 신분의 한계로 관직에 나가지 못하고 포도청의 포졸로 일하다가 그만둔 인물이다. 일찍이 큰 뜻을 품었으나 신분제의 한계로 좌절되고, 탐관오리들이 판치는 오염된 현실에 환멸을 느끼고 뛰쳐나와 도자기를 구우며 살아간다. 빼어난 무술 실력과 남다른 정의감을 가지고 있어 마을 사람들은 어려움이 있을 때 관청이 아닌 그를 찾는다.

정수안은 고을의 어지러운 현실을 묵과하지 않고 뛰어들지만 허망하게 희생된다. 그리고 그 가운데는 남자들을 파멸에 이르게 하는 팜므 파탈 매설이 존재한다. 정수안의 희생에 진심으로 슬퍼하고 분노하는 재민은 정수안의 절친인 이제인을 찾아간다. 정수안과 다르게 완선히 속세를 떠나 깊은 산속에 묻혀 심신을 단련하던 이제인은 친구가 허망하게 죽었다는 소식을 듣고 한 치의 망설임도 없이 복수의 길에 나선다.

나는 <비검>을 통해 강자의 횡포를 두고 보지 않고 나서는 협의 정신을 구현하고, 무협 영화의 핵심 테마인 복수를 제대로 펼쳐보이고자 한다. 또한 욕망 앞에서 무너지는 인물 군상의 모습을 통해 인간과 세계에 질문을 던져보고자 한다. 무협 영화는 형식적 특성상 액션 연기가 관건이다. 무술에 숙련된 액션 팀을 구성해서 제대로 된 무협 액션을 만들어 볼 생각이다. 또한 옛 조선을 시공간 배경으로 삼고 있다 보니, 세트장과 의상, 소품을 디테일하게 신경 써야 한다는 난제가 있다. 사극 세트장을 대여하고 미리 잘 준비해서 실감 나는 미장센을 만들어 나갈 생각이다. 영화는 자본에서 결코 자유로울 수 없는 예술이고, 더구나 무협 영화는 더더욱 큰 제작비가 들어갈 것이다. 하지만 술꾼에겐 돈보다 술을 마실 의지가 더 중요한 것처럼, 영화꾼에겐 제작비보다 영화를 만들 의지가 더 중요한 법 아니겠는가. 뚝심을 가지고 차근차근 준비하다 보면 분명 기회를 잡을 수 있을 것이라 확신한다. 기대해 주시길.

#2. 세대 3부작, 무협 4부작, 욕망 3부작

많은 거장 감독들이 평생 작업한 작품들은 종종 특정 주제로 묶여 논해지고는 한다. 가령 리안 감독의 가정 3부작, 허우 샤오시엔 감독의 동년 4부작, 지아장커 감독의 지방 청춘 3부 작 등등으로 말이다. 나도 오래도록 영화를 만들고 싶고, 나만 의 영화 세계를 탄탄하게 구축해 보고 싶다. 그리고 나 또한 나름대로 계획하고 있는 시리즈들이 있다.

우선 내 스스로 세대 3부작이라고 명명한 시리즈가 있다. 내가 겪었던 특정 시기의 이야기들을 관조적 시점에서 담아 낸 작품들이다. 사실 이건 이미 완성했다고 할 수 있겠는데, <배회자>, <청춘 소나타>, <도시의 방랑자>를 묶어 그렇게 부 르고 싶다. 먼저 <청춘 소나타>는 성년과 미성년의 경계에 있 는 19살, 고3 청춘들의 이야기다. 두 번째 <배회자>는 실직 한 40대 중년 남자의 이야기이고, <도시의 방랑자>는 자신의 리듬으로 요지경 세상을 헤쳐나가는 중년 싱글 남자의 이야 기다. 다시 말해 이 세 편의 영화는 청춘 세대에 관한 이야기 와 중년 세대에 관한 이야기다. 각 세대가 처한 문제와 위기 를 펼쳐보이면서 나름대로 그 난관을 헤쳐가는 이야기를 담 고 있다. 결코 어둡고 비관적인 분위기가 아니다. 그것을 씩씩 하게 뚫고 가는 긍정적 에너지를 담고자 했다.

두 번째로는 무협 영화를 시리즈로 좀 찍고 싶다. 앞서 이야기 한 대로 많은 난관이 있겠지만 나름의 뚝심을 가지고 밀고 나가고자 한다. 물론 무협이라는 외피를 두르지만, 결국엔 인간과 세계에 대한 이야기를 하고자 하는 것이다. 특히 인간사의 희노애락과 욕망, 좌절, 복수, 희망 같은 감정들을 입체적으로 담아내고자 한다. 강렬한 액션과 무협 영화 특유의 분위기와 미장센, 그리고 그 모든 것에 우선하는 협의 정신을 멋있게 구현해 보고 싶다.

세 번째로 커다란 희열과 기쁨을 주지만 동시에 한순간에 인간을 절망과 파멸에 이르게 할 수도 있는 사랑, 욕망에 대한 이야기도 시리즈로 만들어 보고 싶다. 사랑, 순수, 혹은 희생이라는 이름에 가려져 있는 인간들의 치정, 욕망, 오만, 질투를 세밀하게 들여다보고 그런 것들에 질문을 던져보고자 한다. 다양한 형태의 감정과 관계를 설정하여 과연 어디까지가 사랑인가, 그것의 본질은 무엇인가, 사회적으로, 또는 개인적으로 어느 정도까지 용인될 수 있는 것인지에 대해 다각도에서 관찰해 보고자 한다.

　물론 그 밖에도 다양하게 찍고 싶은 것들이 많고, 몇몇은 이미 시나리오로 정리해 두기도 했다. 장르나 형식에 구애받지 않고 자유롭게 하고 싶은 이야기들이다. 그 속에는 코미디도 있고, 하드 코어한 느와르도 있다. 어쨌든 그런 것들은 기회가 되는 대로 만들면 될 것 같다. 좀 더 본격적이고 체계적으로 내 영화 세계를 구축하고 싶은 소망이 있는데, 이는 위에서 말한 시리즈를 통해 완성되어 나갈 것이다.

인생은 영화처럼,
영화는 인생처럼

초판 1쇄 발행일 2025년 9월 25일

지은이 이종철

펴낸이 박영희
편　집 조은별
디자인 김수현
마케팅 김유미
인쇄·제본 제삼인쇄

펴낸곳 도서출판 어문학사
주　소 서울특별시 도봉구 해등로 357 나너울카운티 1층
대표전화 02-998-0094　**편집부1** 02-998-2267　**편집부2** 02-998-2269
홈페이지 www.amhbook.com
e-mail am@amhbook.com
등　록 2004년 7월 26일 제2009-2호

X(트위터) @with_amhbook
인스타그램 amhbook
페이스북 www.facebook.com/amhbook
블로그 blog.naver.com/amhbook

ISBN 979-11-6905-050-0(03810)
정　가 16,000원